U0037366

親愛的，我們婚遊去

曉瑋 著

目錄

第二站>>歐洲——適度貪婪

第三站>>美國——友善掃蕩

第四站>>上海——溫暖出走

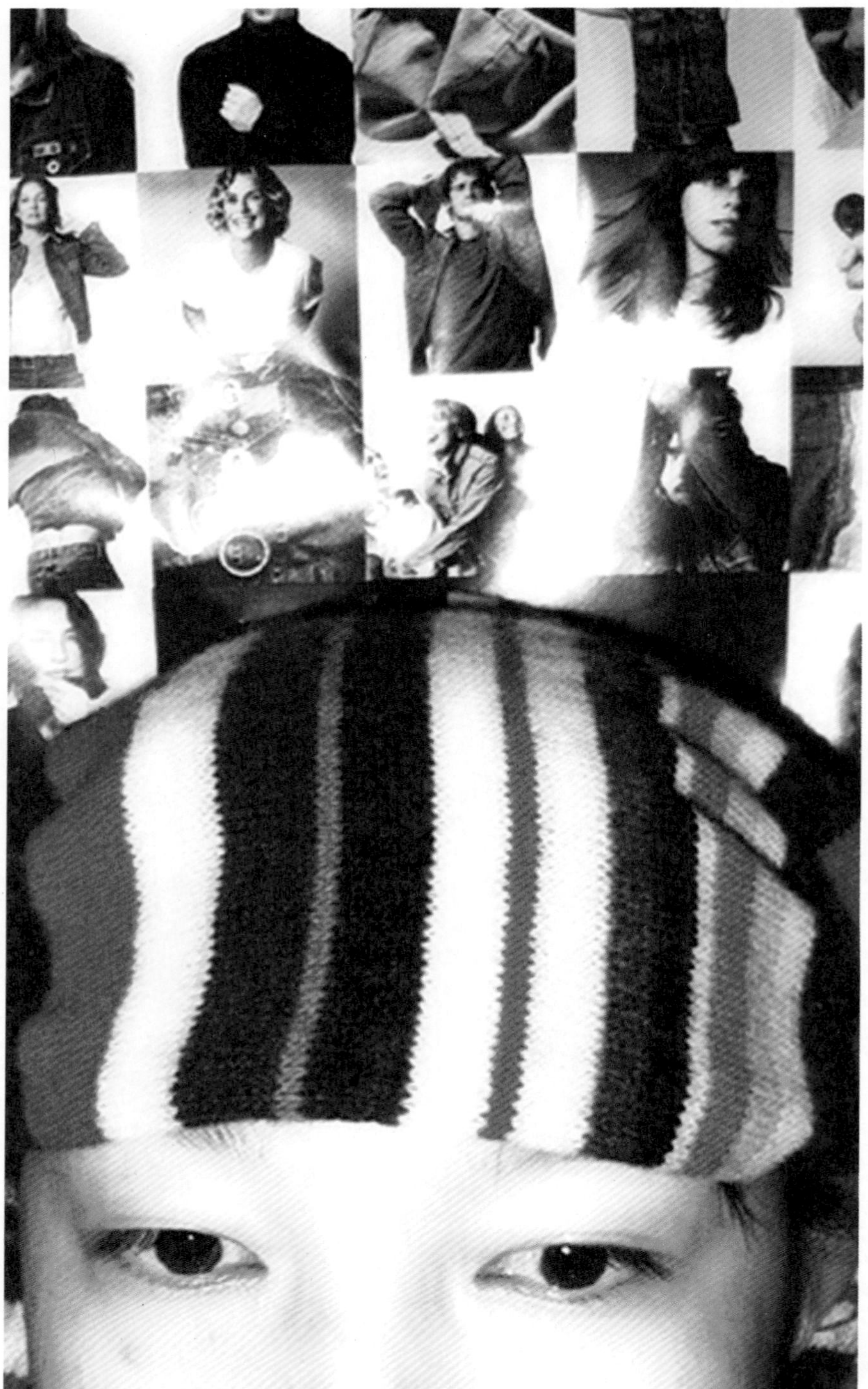

前 言

最大程度的幸福時光

小時候我有所有缺少自信的孩子都有的需要——求同。求同的孩子通常不喜歡把自己和家人聯繫在一起，特別是在公衆場合，因爲當他們嘗試以別人的眼光審視自己的家人，便油然生出種種因挑剔而來的尷尬。記得阿婆爲了替我送傘，在沒有敲門的情況下，破門而入我們的教室，三十多個十歲的孩子，失措地望著她，她茫然四顧，只管叫嚷：阿瑋吶，阿瑋？用她很重崇明口音的上海話斬斷了「兩個黃鸝鳴翠柳，一行白路上青天」的童聲朗讀，我羞愧無加；我會爲了自己不是獨生子女，因而不能在老師做統計時，和絕大多數同學一樣高舉起手來而憂心忡忡；我甚至拒絕穿任何有花紋的衣服，十歲生日的時候，娘娘送給我一件天藍色的罩衫，她特地找了一個睫毛彎翹的小鴨子圖案縫到衣襟上，我一看到就命令：拆掉它，拆掉它。小鴨子遵命被拆掉了，這件衣服後來穿了三四年，它的襟上便留下了一個細密針腳走成的鴨子殘骸，好像交通事故死傷者剛搬走，粉筆勾畫的痕跡就此留在了事故現場。

十幾年過去後，連我自己也咋舌，當年那個曾經多麼努力做一個沉默的大多數的人，現在每做一件事情，每買一件衣服，每訂一個旅館，每做一個決定，卻經常有和人不一樣的企圖。以至於結婚這件終身大事，也是突然之間決定要去義大利托斯卡尼的鄉間，就兩個人，將一輩子的幸福註冊在一堆義大利文裡，近乎私奔。

現在經常說「重塑自我」，其實我們眞實的意思是，因爲我們衣著的風格、娛樂的興趣、父母的健康狀況，工作的性質、居所的方位、愛人的標準、消費的水準、人生的經驗、被人對待的態度等等情況的改變，而被迫修改了我們的一些生活方式和處事態度。舊的自我被環境悄悄顛覆，讓位於新的自我，我們對自己的盲目不喜歡，我們對他人的盲目喜歡便因此漸漸減少。這種環境改人的體驗很多時候是出於無奈，絕沒有所謂「重塑」的那種自覺，也並不是有趣的磨鍊，所以自己甚至還不自知，直到有機會往回走一遭，把這些年的生活用圖文並行的形式羅列出來，才有了從一樣到不一樣的種種變化線索。正因為此，我選擇了這列背向而馳的列車，它背向未來，不只問過往。

如果你恰巧具有一項或者幾項如下特徵：

你小時候想當公車售票員或者入選體校，並穿著寬大的線衫，像麻將裡的白板一樣在煤渣操場上飛跑，鞋底有洞；小時候有點口吃，至今仍然會在編造一個事情時，出現輕微語頓現象；看過諸如《跟蹤追擊》、《林海雪原》等連環畫，它們通常是以三四本合訂，用咖啡、墨綠或者純黑硬面做封面封底，刻有公家單位紅色公章的形式出現；念過女中或者中學時候就開始外宿；當你外公外婆或者爺爺奶奶去世的時候不在身邊，並且由於主觀或客觀原因已經很長一段時

間沒有見過他／她；在機場送別時，和父母互相催促「好走了、好走了」，卻背對背淚花盛開；你有時會嗡嗡耳鳴；在網上結交的朋友比在眞實生活中的要多，最經常保持聯繫的，還是在高中以前就勾搭上的舊朋友；大量說著夾普通話的上海話，並經常用普通話來念諸如「哈靈」、「老好白相的鬧」、「蠻有勁呃」、「煩死掉了」等上海話；喜歡沒有什麼車骨鏤空、珠花鏈片、繁複刺繡的無肩帶A字緞質婚紗；未婚夫

或者先生只會說一些中餐館點菜中文，並且覺得你吃蝦頭雞血魚皮豬肝鴨舌等系列事件令人髮指；啃麵包和蛋糕時容易灑下很多粒屑；將牙膏從中間擠起；喜歡吃飯坐車時偷聽人講話，強忍一肚笑意，回家後趕快把它們記下來；來「毛豆子的客堂間」玩過；你留心過托斯卡尼四個字，並在所有歐洲國家中，最迷義大利；你覺得穿一件胸口印著「NEW YORK」的兩條槓拉鏈運動衣挺傻的，不過那個名詞換成「BERLIN」就還可以；每次長假回來便開始蠢蠢欲動下一個假期；堅信自己總會離開這個城市，儘管現在絲毫還沒有這個位移的傾向；有旅館癖，會花很多的時間在網上找一間特別的旅館，它可能住起來並不舒服；總是爲簽證擔很多心，花不少

錢，痛恨這個制度；旅行中看到好玩的廁所，好看的菜，第一反應是要把它們拍下來；旅行中最喜歡的那段是去機場的路上；你真的很喜歡你的外國公公公婆，可是每次和他們打完電話總是背心生出一泡冷汗，你並不熱衷和他們打電話，卻隱隱期待下次見面時候他們的大力擁抱，好像要把與自己父母一輩子羞於進行的身體接觸補回來……；那麼，你可能會對這本書的一些片斷產生一些好感。

這是本供你在等車，等人，等吃飯，等下班，等著陸，等那些無足輕重的狀態改變時讀的小書。你可以在任何時候毫不猶豫地打開，翻兩頁，車到了，人來了，菜上齊了，飛機停穩了，你便可以毫不可惜地放下。如果你不巧地在等出／回國，等GRE／GMAT成績／I-20／簽證，等一個人的E-mail／電話／簡訊，等娶／嫁人，等那個身體散發強烈異味的室友突然退學，等做一項能大力增強自信的重要手術，等變成一個更有趣味的年輕人，這本書可能一時間解不了你的焦灼，但是它可能讓這些等待變得稍微可以忍受。

這本書裡的逆行列車將採用如下路線：

第一站＝近乎私奔的托斯卡尼站：我們回到托斯卡尼豔陽下，看那場近乎私奔的兩人婚禮，更有婚前和婚紗打的那場群架和婚後「家常日子，又是新婚」的新鮮人生活；

第二站＝適度貪婪的歐洲站：我們會和巴黎1又3/4電影印象，一雙阿姆斯特丹的拖鞋，一瓶前東德的酸黃瓜，一張羅馬的薄底披薩餅，以及兩個馬德里的小賊撞個正著；

第三站＝友善掃蕩的美國站：我們在美國的西海岸、中西部和大南方之間串聯，拜會一些或噱頭噱惱，或令人記掛到的美國人物，美國風景；

終點站＝溫暖出走的上海站：終點站全部留給當年溫暖出走的原點——上海，且讓我們和她好比坐在石庫門的客堂間一樣，乘乘風涼，講講閒話，想想屋裡廂，講講小辰光。

最後，我要謝謝親愛的家人，少女時代的道伴，論壇結交到的朋友，書裡描述的現場，是我一直想像說書一樣當面講給你們聽的，但說不好，或者情形也不合適，權且當我把那些聲音影印下來，你們慢慢看吧。那裡記錄了我和你們之間最大程度的幸福時光。大塊頭先生馬克，雖然你看不懂這些字，但是我沒有辜負你的再三要求，你的名字在這本書裡反覆出現。親愛的BTR，鷺鷥，聶曉春，謝謝你們慷慨地支援了一些你們的心水圖片。本書中，除另外說明，照片均由我自己拍攝。我也誠摯地謝謝高談文化，謝謝劉綺文主編，是她們的慧眼讓我有了這個機會和大家同坐這列火車。

親愛的—旅客—同志們，
我們—現在—準備—登車—了—，
請速去——號—剪票口—排隊。

曉瑋

2005年8月18日

於美國加州聖荷西

5. 她之三0前后记

3. 那一场和婚

2. 以交往为前提，交往吧！

1. 家常

6. 源代码天空下的悠长假期

8. 我的情人他的瓦伦丁，VA-VA-VOOM

第一站>>
托斯卡尼
——近乎私奔

什麼是天作之合？
什麼不太合適？
只要初次見面不惹嫌，
讓我們為了交往而交往吧，
然後，就兩個人
坐上綠白相間的九月
EuroStar，
“到托斯卡尼的火車就要發車
了，請旅客們趕快上車”，
本次列車預計在本世紀中葉後
才能抵達。

私奔的伴侶標準＝並非有心＋絕非無意＋非完人＋非型男＋樂天派＋不是絕對公正＋路上經常保持沉默＋那種欲速則達的聰明＋很可靠＋在你看博物館，逛街購物，做旅行指南中規定的事時，他能安靜而綿長地打一個盹。

7. 结婚周年礼物记

子，又是新婚

4. 结婚前后的卫生间

1. 家常日子，又是新婚

——一場托斯卡尼豔陽下的婚禮始末

2003年9月。漫長的三星期義大利新婚之旅轟轟然一下便過了，至今尙還記得當時飛離那個國家的情形，可比《羅馬假期》裡葛雷哥萊．畢克（Gregory Peck）演的記者喬離開公主行宮的那刻：但見他西服的下擺像蝴蝶一樣的張開，那是我們就此豐盈的心思；他的腳下踢踢塌塌的，那是我們就此不捨的心相；他且行且遠，回頭望過一眼，漸漸終走出鏡頭之右，視線之外，可是耳畔裡一定如我們，蕩漾著的只是假日裡的那些鐘聲，歡聲，市聲，人聲，還有心聲。

去旅行，去義大利旅行，只是尋常旅事嘛，可旅行的終點是一場婚禮，一場僅有兩個人的異鄉婚禮，便有點隆重起來。和未婚夫馬克前一年訂婚時便決定去義大利托斯卡尼省，找一個中世紀的小鎭進行一場不採用宗教儀式的民事婚禮。西方一般有兩種形式的婚禮，教堂婚禮（Church Wedding）和民事婚禮（Civil Wedding），雖然馬克是天主教徒，但因我非教徒，故不適合進行牧師主持的教堂婚禮，而以當地市鎭官員在教堂以外主持的民事婚禮爲妥。

爲什麼是托斯卡尼？每個人都問這個問題，爲我們策劃婚事的義大利Wedding Planner（婚禮策劃人）問，攝影師問，借宿的城堡女主人也問，有問無問的誰也都是這個問。行前，我給自己配備了三種說法：

文藝腔一點的說法是拜《在雲端上的情與慾》（*Beyond the Clouds*）裡的鄉村景色，《窗外有藍天》（*A Room with a View*）外的陽光草場之賜。托斯卡尼的鄉間有黃赭泥、綠草地、濃黃土和石灰石，托斯卡尼的城裡有瓜白、鴨綠和煙紅大理石的教堂，托斯卡尼的城裡城外還有牙黃的泥牆壁、水綠的百頁窗、焦紅的磚屋頂，一句話便是好看；小女人一點的說法，是受雅詩蘭黛的那款叫做「Tuscany Per Donna」的香氛之誘，只記得

結婚日。有千塔之城之稱的托斯卡尼小城San Gimignano的廣場

當初聞起來便如同氣味正自低吟：「我是佛手柑啊，我是香藥草」，待貼了上去聞，才聽清楚原來是，「我是白檀香啊，我是伊蘭花」，一句話便是好聞；而我最熟悉的癡頭怪腦的說法則是BMW車爲其「BMW3系」在托斯卡尼拍的那則廣告令我笑翻：一輛小金龜似的BMW敞篷跑車在古老的窄巷穿行，奔赴婚禮現場的新郎老練地操縱著坐騎鼠行蛇走，一路上只見街旁陽臺上的美女紛紛揚揚地灑下黑色的透明絲襪，眞絲的睡衣胸衣，伊卻是英雄本色，大氣不喘雙眼不眨地躲過香風欲雨，終於和翹首待嫁的新娘勝利會師，一句話便是好玩。

爲了這個好看好聞好玩的想法，我們找到了一個同事推薦的婚禮策劃服務公司，位於佛羅倫斯的「Getting Married In Italy by Atlantis」，和該公司的Wedding Planner雲裡霧裡地一說這想法，她們便是一點就通，提議就把婚禮安排在托斯卡尼中部的一個叫瑟塔多（Certaldo）的中世紀小鎭吧！小鎭在一般的大地圖上找不到，卻是因寫《十日談》而吹響歐洲文藝復興運動號角的文學大師薄伽丘的家鄉。

我們的托斯卡尼豔陽下的婚禮探險就從和Wedding Planner的第一次接頭開始吧，此時離儀式尚有三十一小時。

2003年9月15日，佛羅倫斯，9:00AM

和Wedding Planner風雅地約在佛羅倫斯市中心的烏菲茲博物館見面。在這之前的半年多，雙方只是陸續地透過E-mail聯繫，未曾謀面，所以眞有了那麼點相親活動的氣味，對每一位經過跟前的咋咋呼呼長相的義大利婦女皆抱以深情凝視。九點過十五分鐘，尙未被人認領，馬克的胃開始隱隱抽搐，並絕望地猜想一切可能是騙局，預付的部分訂金也將泡湯。他抖抖豁豁地撥打Wedding Planner以前在E-mail中給過的手機號碼，謝天謝地，總算有大活人接電話，大活人萬歲！「大活人」電話裡說，「啊？！我們在美領館門口等你們哪！」我們對這一誤解還是滿心歡喜，最起碼還是有大活人在等著我們，半年的苦苦通信策劃沒有白費，大活人再次萬歲！

佛羅倫斯市中心的烏菲茲博物館外景物

I. 文書

9:45AM

我們於是趕到位於阿諾河邊的美領館與Wedding Planner會合，美國公民馬克隻身入領事館，指天戳地對他的那個領事小同鄉發了毒誓，大致的意思是發誓按照美國法律，自己符合結婚的各項條件，於是領得了小同鄉代表國家在該份宣誓書上的簽字。

高舉准婚證的馬克在阿諾河邊的美領館前

作爲中國公民，我並不用親自去中國領事館，早先便由Wedding Planner拿著我快遞過去的出身公證和單身證明去中國領事館代辦了。我琢磨了一下，祖國爲終於可以把我嫁出去而甚感欣慰吧，於是早早放行。

Elena的尋常義大利人的「站吧」早餐

和Wedding Planner之一的托斯卡尼土生土長女子Elena接上了頭，她尚未用早餐，趁著馬克去美領館的空檔，陪她去吃早飯。典型的義大利早餐是在Cafe或者Snack Bar（小食吧）裡，咖啡店櫃檯最靠裡邊的部分是「站吧」，沒有座位，當地人都站在櫃檯上喝咖啡，咬撒了糖粉或者加了甜陷心的可頌酥，一般只要幾分鐘便解決問題，更有行色匆匆的，進得店來只要一小杯Espresso，像乾掉二鍋頭一樣，求的是狂風捲急雨下，所謂的「One Shot」，一飲而盡放杯走人，前後半分鐘不到。我便陪Elena秋風掃落葉般地幹完了早餐，另外據她所說，義大利人結婚從來都不用Wedding Planner，按照她的原話說，「我們義大利人知道結婚要結些什麼，到哪裡去結，不就是很多很多的好吃的，好喝的，很多很多的人，流水宴一般地吃，飽了便跳一下『Tarantella』（一種義大利傳統的舞蹈），可以結到第二天清晨。」所以她們那個婚禮策劃公司做的只是外國人到義大利來結婚的生意，看來像我們這樣近乎私奔般出來結婚的人已經成爲一個市場。

10:15AM

用完早餐，三人重新會合，七拐八彎轉入佛羅倫斯紅磚灰牆深處，那是市政府的法院辦事處，該地已然陳舊，走廊裡堆滿了露出胳膊大腿，沒有蓋好被子的卷宗。全世界辦檔的地方長得大抵相仿，唯一的區別是辦事員暴露身體的多寡。在此，我們需要向義大利市政所的辦事人員遞交一份雙方根據美國法律，符合結婚各項條件的聲明。義大利素以繁文縟節的「紅圖章」作風名揚歐洲，看任何一部反映義大利民風的喜劇電影，總不放過這一敲起紅圖章來有如剁肉餡般鏗鏘有力的細節。

果然這位辦事員也在我們這份聲明檔的肩膀，腰眼和下身「梆梆」一陣猛敲。

桌上那本綠油油的登記本，被裝幀得像Pantheon Books出版社六〇年代印刷的歌德作品《義大利遊記》，馬克意氣風發地指說，將來我們的後代要考祖先的古，就要找到這本本子。所以我決定拍下這張帶著登記本的照片給後代一點線索。

辦完檔出門來，從小巷裡又神奇地鑽出一個人物，默契地接過Elena手中敲過章的檔，迅速遁入人群，據說剛才馬克在美領館的那份聲明還需要某個重要的公證圖章，必須在中午十一點前完成，不過可以代辦，就由這個無名女子代勞。

整個事件的「佛羅倫斯諜影」氣氛在此達到高潮。

佛羅倫斯市政府的法院辦事處工作人員正在我們的結婚檔上奮力敲章

II. 禮服

11:00AM

Elena眼看我們將前面的繁文縟節搞定得如魚得水，便又給了我們一張新的尋寶圖，必須在下午一點以前摸到某裁縫店，領她們幫馬克訂好的結婚禮服。馬克一聽便躍躍欲試，當即便要拍馬趕去，被我嚴辭喝止，沒有什麼比肚皮更重要啊，我一餓就容易生異心。馬克本來嘴裡不清不爽地嘟噥，不過一看到他的最愛，圖片裡的義大利肉腸披薩，頓時便眉開眼笑地放下了馬鞭。我最鍾愛此種羅馬一系的披薩，其底座輕薄鬆脆，一個個漂浮在Mozzarella乳酪上的肥碩小肉圓如同沉浮在木腳盆裡的小水球，相比之下，美國的披薩餅底座，委實肥厚得像胖人的肉掌。最後，還是我揚起了馬鞭，才把馬克從披薩店裡趕了出來。

適合婚禮前用來減壓的最愛美食：義大利肉腸披薩

佛羅倫斯老城的「Sartoria Costumi」裁縫店

12:30PM

吃飽了，便有了無比衝勁直奔坐落於佛羅倫斯老城之外這家叫做「Sartoria Costumi」的裁縫店，還好趕在一點打午烊前趕到，不然等人家午飯吃定，午覺睡醒，午聊停當便是要三點半才開門的。

托斯卡尼中部山區多有傳統節日需要慶祝，一會兒嘉年華了，一會兒賽馬會了，一會兒又要慶祝葡萄豐收了，所以需要盛裝古服的機會很多，這家店主營業務便是製造和出租這些節日禮服。

裁縫店進門處自製的各種制服、禮服和演出服

馬克極其慶幸那天他穿了一條相當穩重的內褲，因爲就在他一個人躡手躡腳地在更衣室裡換衣服的時候，裁縫老媽媽一個箭步掀開了簾子，把已經去了罩褲的馬克揪了出來，開始手腳麻利地幫其穿戴起來。好爽落的女裁俠！

裁縫老媽媽正在給一身短打的馬克試穿禮服

老媽媽顧自講義大利語，馬克顧自講英語，卻是一搭一擋，有來有去，倒也談得八九不離十，其間馬克手舞足蹈地提出：美國禮服襯衫上的扣子都綴有閃閃發光的珠飾，爲什麼這件襯衫用的是暗扣？老媽媽頭搖得波浪鼓似的，馬克試探地用洋涇邦義大利語道，「Americano, YES, Italiano, NO?」老媽媽頓時樂開了花，嘰哩咕嚕一大通，大概是開導他正宗義大利人不時興那套的。馬克便不敢再做義大利洋盤*了。

＊洋盤：上海話，形容世面不廣，容易上當受騙，或對事物缺乏經驗，顯得外行者。

義大利有如做彌撒般神聖而不可打擾的電話粥正在熱煲中

義大利人看待聊天有如盛宴，一聽到聊天的電話鈴聲便有如教堂彌撒鐘聲的呼喚，哪怕你正和其談生意，也抵不過此如天父神吟般的聊鈴，這位叫做Laura的店主女兒便正處於此種狀態，在我們逗留的半個小時裡，十分鐘她在電話裡燃菸狂笑，還有二十分鐘接待了她一個類似美國電影《我的希臘婚禮》（*My Big Fat Greek Wedding*）裡那女主角表姐風格的女客，交談甚歡，其間又燒了兩支菸。

老媽媽再次穿越十米長廊狂喊，「Laura, Laura......」，電話又響了！我不禁心生疑惑，義大利電訊最近是不是在進行某種特殊促銷，打滿一定電話時數有獎？所到托斯卡尼各處店家的女營業員似乎終日纏繞在電話之上，偶爾停一下也是去門外孵一支菸。她們原則上不會因爲生意來了而停下電話，多少筆生意是因爲顧客不忍打擾談興正濃的店員而悄聲走開。

老媽媽再次穿越十米長廊狂喊，「Laura, Laura......」

2003年9月15日，西耶那，11:00AM

領了馬克的禮服，駕著我們那輛像小風火輪一樣的Smart City Coupe，從佛羅倫斯回我們住的西耶那（Siena，是托斯卡尼省另一重要城市），我很讚賞戴姆勒克萊斯勒出產的這款迷你小車，外形樸拙可喜，在擁擠的歐洲城市蛇行鼠竄從容自吐，難得的是其外觀如此迷你，內部空間卻是敞亮，車尾竟然容下了我們兩個大行李箱，算是個不動聲色的大胃王。

小Smart車停在我們借宿的「四閣古堡」（Castello delle Quattro Torra）前。左方最頂端的那個塔樓便是我們的小小城堡。古堡建於十三世紀上半葉，在西耶那和佛羅倫斯兩城長期的烽火對抗中，曾充當重要的軍事堡壘之用。Ponticelli姊妹家族自1856年購得該古堡後，擁有至今。古堡女主人Laura帶著絲絲縷縷的詭異貓氣，馬克每天都要和她的三貓一狗進行一番人獸大鬥。

棲息在「四閣古堡」前的精靈雙門小跑車Smart

III. 婚紗

3:00PM

該料理我的婚紗了。婚紗是自己從美國帶過來的，只要找家洗衣店熨一下即可。Wedding Planner給我們的乾洗店地址在西耶那城外，去問七個義大利人往往給你八個方向，於是決定自己在城裡找一家。在資訊中心一位好心腸大鬍子伯伯的指點下，找到了城中心的這家洗衣店：Lavanderia。這便是身負使命旅行的好處，不再以一個遊客的身分點到爲止那處處名勝，而是穿街走巷去尋常商家，那些遊客不可能光顧到的洗衣店、裁縫鋪、政府辦事處，手舞足蹈地表達意思，聽懂意思，眞正做一個暫棲的當地人。也因爲此，這個婚便始終結得很生機勃勃。

婚紗在這家叫做Lavanderia的母子洗衣店裡做好了最後衝刺的準備

Lavanderia洗衣店裡的嚴母孝子

Lavanderia洗衣店是傳統的義大利家族經營商號，所謂的家族經營，也就是父子、母子店。鬍子拉喳而眉宇間頗有幾分布萊德．彼特（Brad Pitt）影子的少東家熱忱地接待了我們，可是對於當天便要取貨面露躊躇之色。當聽說我們急等第二天的婚禮之用，經向老媽請示後，終於收下，八點取貨。回想起來，在義大利所見都是乖兒子，問題呈上，只要他稍有躊躇，剛猛威武的臉便頓時奶氣起來，往往羞澀道「Let me ask Mama」（得請示一下我媽）。記得在請教古堡房東的兒子洗衣店怎麼走時，他對著地圖沉吟半晌，然後喃喃道「Mama, Mama」，便一溜煙找媽討答案去了。

IV. 試妝

4:00PM

去坐落於西耶那城裡的via Del Paradiso，也就是天堂街的EGO美容店爲第二天的婚禮進行試妝。整個試妝過程歷經一個半小時，馬克直等得兩眼發直，其間他去了趟網咖，為今後的家庭編年史留下了一條深具文獻意義的E-mail：「和老婆結婚的十大理由」，我在婚後五天才在羅馬一家網咖讀到這封E-mail，頗有恍若隔世之感，這位新郎的好就在於他從來不吝嗇不懶惰於嘴上抹蜜，辛勤地採來種種連我都不自知的優點，讓我就此便不好意思辜負，暗自下決心儘量要成為一個有這麼多優點的老婆。

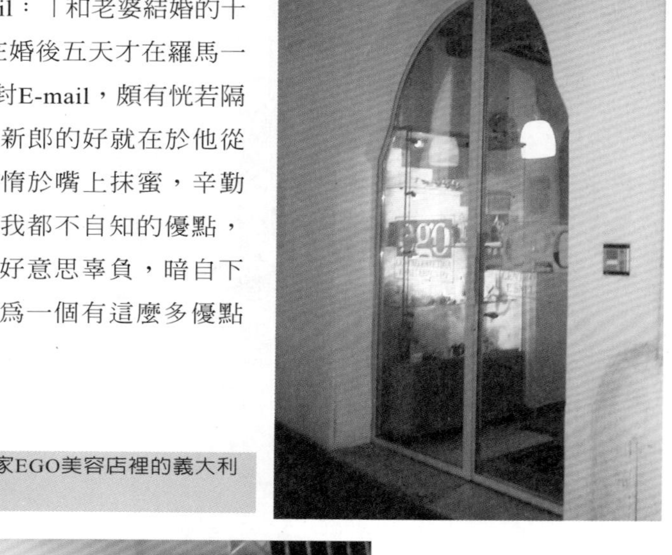

新娘扮相就在這家EGO美容店裡的義大利大姐手下誕生了！

準新郎正在自娛自樂中（攝／馬克）

5:00PM

馬克如此這般兜了一圈後，仍未見我的人影，決定對著大堂的鏡子自娛自樂，搞了數十張顧影自憐的照片。化妝師Alexandra為我化好了半邊臉，看到那描樑畫棟的半邊一派埃及豔后克麗奧佩特拉相，頓時魄散，連忙

雞同鴨講了半天，最後其他原則一概放棄，只堅守一條：千萬不要畫下眼線，其他飛眉吊梢的務必點到為止。Alexandra大姐聽得雲裡霧裡的，改了一下，倒是含蓄了不少，便懇請她記牢妝面，約定第二天正午城堡再見。

V. 前夜

6:00PM

坐在西耶那城中那叫做Piazza del Campo的廣場中。義大利是個廣場的國度，我最中意的便是這一座中世紀的廣場，它沒有羅馬城裡廣場們所慣有的花巧巴洛克雕塑，盛妝的噴泉和隆重的教堂，它只有躺在那鋪張紅磚扇面上的人，永遠川流不息著的，著實令人迷戀。這樣的小鎮其實不需

歐洲最美麗的廣場之一「Piazza del Campo」的俯瞰圖

治療婚前憂鬱症的靈驗偏方：義大利霜淇淋Gelato

要報紙，有了這樣的廣場，只要靠小販走卒家長裡短，任何消息便不徑而走，越傳越神。

枯坐等拿嫁衣。馬克此時可以尋求的唯一慰藉是一朵肥碩濃郁的義大利霜淇淋，那叫做Gelato的。Gelato是義大利人和來義大利的人在夏天眞正「溫暖」的慰藉。

中世紀城的天線緩緩地燒了起來

7:50PM

快八點了，中世紀廣場的這種天光每每令人心慌，好像才是人聲喧嘩的流動的聖節，人人過著奶油霜淇淋般光鮮的甜美生活，突然之間天光便被呑沒了。義大利的城市都沒有盛大的燈火，一到夜裡就是古老鑄鐵燈罩裡那點點蠟燭燈的光亮，沿著窄巷子一溜清寡地排過去。結婚前夜孤身兩人，便尤其覺得就此是要相依爲命了。

中世紀廣場熒熒點點的天光
會讓孤獨的人都可恥起來

8:00PM

到Lavanderia洗衣店取婚紗，遠遠便看見它正形單影隻地吊在店堂正中央。按時取到貨色，千恩萬謝地遞上15歐元。捧哈達*般地將婚紗接走，衣錦夜行般穿街而去。

西耶那的小巷裡

8:15PM

結婚前的未婚夫妻容易感覺奇餓無比，吃了兩個多星期的義大利食物，突然害喜般饞起中餐，去一家離廣場不遠的「上海酒樓」，溫州青田來的老闆娘長得有點鞏俐，馬克一個勁地誇她好看，我翻譯的時候又添油加醋地更是猛讚花好桃好，結果老闆娘人來瘋了，一定要我們免費品嘗咖啡、梅子酒，後來又夯來人參酒，深恐她再端來什麼秘製壯陽藥酒之類，

*哈達：一種絲織品，類似於漢族古代的禮帛，是藏族社交活動的必備品，藏民通常會雙手捧著哈達獻給地位尊貴的客人，以表示熱烈歡迎。

婚前最後的晚餐是幾味家鄉小菜，雖然菜的品相一般，卻是當夜最盛大的安慰

便要告辭，帳單是20.92歐元，我們留下一張20，一張10塊答謝其盛情，老闆娘不幹，說只能收20，二女爲此在窄巷短兵相接肉搏兩分鐘，以我敗下陣來告終。馬克對於中國人之間這種爲付帳而拚命的情形已經見怪不怪，遂在旁煽風點火。

9:45PM

回住處後，同時入住古堡的另兩對夫婦爲我們進行了一個小Party。第一對是來自柏林的Alexandra和Matthias。同時成長於鐮刀斧頭下的背景讓我們有很多共通的童年回憶。我說我記得東德的電視連續劇《爸爸》，裡面的雙胞胎兄弟叫卡勒和庫勒，我還記得《高樓佚事》裡的奧古斯特和凱蒂那對可以穿牆而過的活寶幽靈老夫妻。他們也是十歲左右時候看那些電視的，大家都覺不可思議，來自東西兩個半球，竟然會有如此瑣碎細節的集體回憶，有時世界的確已經小得缺乏傳奇。我們一年多後又在柏林他們的老巢再次會晤，此段後話將在第二章的〈東德不僅在七十九平方公尺房間裡延續〉裡再提。

另一對是來自費城的Alison和堪薩斯城的Shannon。兩人年初在加拿大滑雪初識，便是相見恨晚，接下來每月飛來飛去地見面一次，這次同來義大利一週，後個星期便去希臘愛琴海航海一週。Shannon是美國連鎖飯店 Applebee 的功能表設計經理，全世界Applebee的菜式都由他來設計和更新，他已經很多時候沒有自己親自下廚了，這次親自下廚爲我們做了一

婚前最後一個Party，客人是來自五湖的陌生人，比如來自德國柏林的Alexandra和Matthias

比如來自美國費城的Alison和堪薩斯城的Shannon

頓混合義大利、混合加州特色的大餐，算是爲我倆助興。

想來不可思議，在世界版圖的四面八方，三對素昧平生人都透過網際網路找到了這個前不著村後不著店的千年古堡，同天入住，又都住一個星期，同天退出，整個情節著實有點玄妙。但我們感激這樣的安排，好像冥冥中派遣來的使者，讓我們結婚前不寂寞、不緊張、有奇獲、有朋友。

11:45PM

餐畢盡了談興，大家各自擁抱祝福告別回房。我研究了一下地圖上明天將被嫁掉的大致地理方位，發現如若悔婚斷無逃生路線，遂決心死心塌地作嫁，不再出辣花頭*。

又寫了些明信片壯膽，便洗洗睡了。當夜夢境雄奇，怪不好意思追憶的。

坐在城堡的頂樓，研究托斯卡尼地形圖是當晚醒時做的最後一件事情（攝／馬克）

2003年9月16日，西耶那，8:00AM

清早起床，推窗四覽，雲淡風清。猜測黃曆上如是寫：9月16日：適嫁娶，宜多食，忌無輕頭*。頓時氣沉丹田，雙眼放光。

從城堡的窗口出發，是托斯卡尼起伏的葡萄園和橄欖樹

*辣花頭：上海話，意指新奇古怪的舉動或想法。
*無輕頭：上海話，意指沒有輕重、得意忘形。

VI. 多食

10:30AM

早餐桌上因兵臨城下而一片潦草。

城堡女主人的兒子每天為我們準備好歐陸式的簡早餐

11:00AM

與Alexandra和Matthias一起吃完話長話短的早餐已近中午，馬克意思是不用吃午餐了，我堅決不從，我的黃曆都講了：宜多食，於是才下早餐桌便向著午餐的方向殺去。找到一間Snack Bar，吃了我極喜歡的義大利Panini三明治，紅紅薄薄筋筋斗斗的Parma Ham夾在滋滋脆脆的義大利麵包裡，一口咬將下去，便像是將美女撒嬌吐出的舌頭一口叼住。馬克卻破天荒不肉食起來，有嚴重需要血糖的傾向，故只滅了一個甜甜圈和一份巧克力Gelato。

11:30AM

好彩頭哦，飯後加一杯咖啡，拿到手的Cappuccino表面竟然呈現一片冰心在玉壺的造型。精神爲之一振，多食之說果然不虛。

（上圖）傳說中的Panini三明治就是這樣的，那塊像舌頭一樣吐出來的Parma Ham比舌頭更鮮嫩啊！

（下圖）多麼值得表揚的咖啡師傅

VII. 正容

11:55AM

用完午餐，回到古堡，等在大客廳裡，化妝師Alexandra應該十二點到，髮型師Vinoe應該一點到，接我們的轎車司機應該兩點四十五分到。開始寫日記打發時間，才記下以下這段話：

通常點菜之屬，每次必是馬克點的比我點的好，這點平素看來，我是在腹舌上吃了虧，但是由挑物件來說，他點的是我，我點的是他，卻由此證明了他點的我是比我點的他好啊。

還未及對這一如此辯證的發現而沾沾自喜，馬克興沖沖地探子來報，第一批人馬趕到。

在城堡的大客廳裡等待髮型師傅的最後一搏

12:05PM

化妝師Alexandra提早十五分鐘到，一來便把我搗持得四小天鵝*似的，髮型師Vione也提早十分鐘到，大家今天都很有輕頭，都很聽黃曆的話。Alexandra畢竟還是念念不忘克麗奧佩特拉，依然把我的眼梢弄得高高吊起，Vione懂英文，翻譯給Alexandra同學聽，要稍微鬆懈一下，朝小丫環方向努力了一會兒，最終還是難得我的理想境界。

義大利男女同學之間很友愛，Alexandra和Vione互相之間並不認識，各自開車過來，按照流程來說也是Alexandra做完，Vione接著弄，Alexandra就可以走人了。馬克殷勤地要送Alexandra下樓，人家Vione發話了，「She's with me」，也就是她跟我走的意思。於是Alexandra就枯坐了一個小時，等Vione幹完活，兩人便成雙而去了，讓我覺得我倆眞是好觸媒。

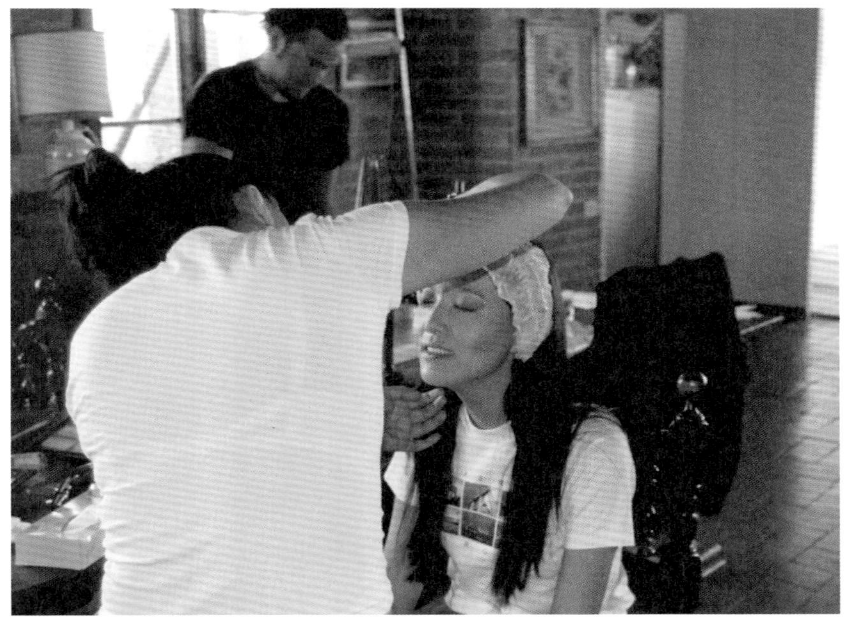

咳，咳，請注意：醜小鴨就要變成天鵝了（攝／馬克）

*搗持：大連方言，修飾之意。四小天鵝：芭蕾舞劇《天鵝湖》中的經典舞段。

1:00PM

Vione幫我弄的髮型是我從網路上找來的，不是傳統的盤髮，會有一縷頭髮像馬尾一樣的隨風飄擺，略不那麼新娘子了一點，不過網上說明那也是新娘髮型的一種嘛，還是一個東方女子擔任的模特兒，反正只要自己喜歡就可以了。因爲不是教堂婚禮，所以不用戴新娘面紗，也就不用戴那個公主小皇冠了，我便想插上三朵雪白的茶花吧。

另外，和達文西老師傅同鄉的Vione也是個義大利好兒子，全家從父母到兄弟都是理髮師，子承父業，都做這行生意。還不失時機地給我上了一堂義大利人是如何注重家庭、尊老愛幼的倫理入門課。

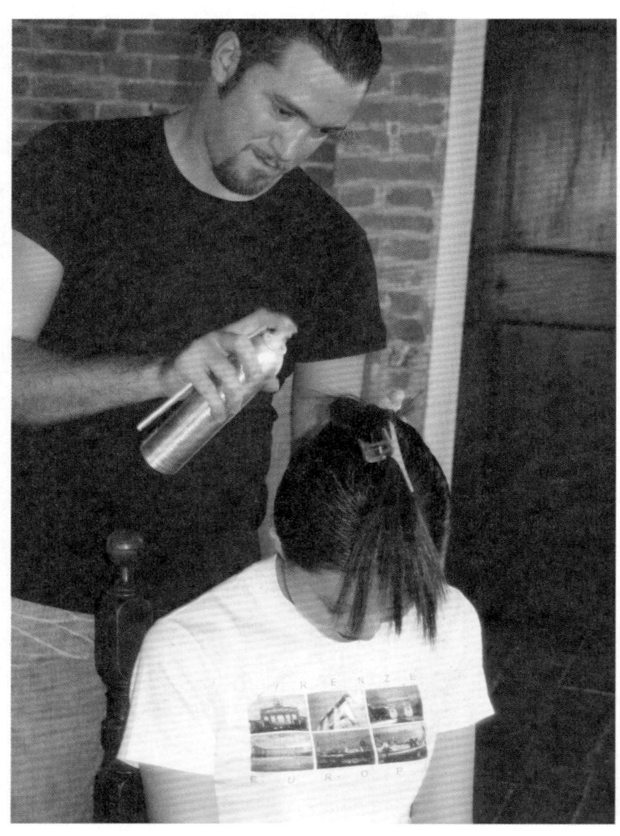

半隻天鵝已經在那裡了……（攝／馬克）

VIII. 上轎

2:40PM

等那對以後大概可以仗劍攜手行走新婚美容市場的義大利璧人走了以後，我還是覺得誇張了一點，終究忍不住出手胡亂拍打了一下粉臉，打量半分鐘，尚還來不及進行更進一步的大規模破壞，就被馬克一把揪出，說司機都已經來啦！

2003年9月16日，瑟塔多

我們的城堡——四閣古堡，我們托斯卡尼溫暖世界的制高點

Pretorio Palace，我們的結婚禮堂
（攝／Carlo Giorgi）

IX. 儀式

4:00PM

崎嶇山路上盤旋了一個小時，到達瑟塔多鎮，婚禮在鎮裡一棟叫做Pretorio Palace，建於十二世紀的建築裡進行。如今這裡已成為博物館和結婚禮堂，歷史上它則是小鎮的心臟，演講所、監獄、檔案館、禮拜堂和寄宿處連帶著喧嘩、沉靜；背叛、降服；風騷、刻板都濟濟於一堂。而今只有十五、六世紀文藝復興時期留下的斑駁壁畫，代表歷屆領主聲望威儀的徽章還兀自殘留在土紅的磚牆上，Pier Francesco Fiorentino作的聖母子像中那位描摹得天圓地方的聖母，用尚未剝落完全的殘存眼神祝福著來來往往的一對對新人。

噓……結婚儀式進行中（攝／Carlo Giorgi）

儀式開始。由瑟塔多鎮的官員Maria主持，Maria佩戴著義大利國旗樣式的肩帶，用義大利語主持婚禮。不懂義大利語的我們按法律規定需要有翻譯，我們另一位Wedding Planner，美義混血兒Jo充當翻譯。說實話，現在竟然記不清那一長串宣讀夫妻責任和義務的開場白有哪些了，只記得那如雷灌耳的兩聲「I DO, I DO」。還記得在結婚證書上簽字的時候，一陣清風起，眼看要把那紙薄書給刮了走，我手快一把抵住，然後馬克的手也一起來了，兩隻手便堅定地按住了那紙證書，那玄妙一刻，好像巧合，更像默契。

禮堂那耆草黃的牆壁再一次低眉垂目，慈面靜聽一對新人的黃金盟約；而廣場上的那雙老木門再一次昂首挺胸，歡顏笑視一對新人的白銀探戈。二樓博物館內竟然如此巧合地正在展示東方的書法藝術！在蛇走龍舞的中國字前行走帶來香風細細，停下來也是淹然百媚，更有一幅字書寫的是念親恩，我連忙指給馬克看，雙方的父母此刻各在地球東西兩端，他們的孩子此刻在兩極的中間歐洲會合，而大家卻是始終在一道的。我尋思這些神奇的念親恩的書法，確是獻給親愛的爸爸媽媽的禮物。

Pretorio Palace那耆草黃的牆壁
（攝／Carlo Giorgi）

瑟塔多鎮頒發的花花結婚證書一派中世紀風的精雕細琢。不過這個結婚證書，不是正式的有法律效力的證書，它只是供人裝裱起來當中堂畫掛的，而那個具有法律效力的結婚證書則是正

淹然百媚的東方字（攝／Carlo Giorgi）

反面都印字的一張A4小紙，像復習提綱一樣地印著兩張表格，第一張表格是我們兩人的生辰八字和出生地，占一面的一半，還有一張表格占了剩餘的正反頁面，是對於第一張表格裡出現的各個名詞的八種語言翻譯，也就是說這紙結婚證書實在是一件多功能的東西，最起碼，可以作為歐洲表格語言的簡明小詞典。

COMUNE DI CERTALDO

Matrimonio Civile

celebrato in Certaldo

il 16 Settembre 2003

LEI È IL SIGNOR: Hale Mark Andrew

LEI È LA SIGNORA: Mao XiaoWei

e siete qui comparsi per la celebrazione del Vostro matrimonio.
Do lettura degli Articoli 143, 144, 147 del Codice Civile

ARTICOLO 143
Diritti e doveri reciproci dei coniugi - Con il matrimonio il marito e la moglie acquistano gli stessi diritti e assumono i medesimi doveri.
Dal matrimonio deriva l'obbligo reciproco alla fedeltà, all'assistenza morale e materiale, alla collaborazione nell'interesse della famiglia e alla coabitazione.
Entrambi i coniugi sono tenuti, ciascuno in relazione alle proprie sostanze e alla propria capacità di lavoro professionale o casalingo, a contribuire ai bisogni della famiglia.

ARTICOLO 144
Indirizzo della vita familiare e residenza della famiglia - I coniugi concordano tra loro l'indirizzo della vita familiare e fissano la residenza della famiglia secondo le esigenze di entrambi e quelle preminenti della famiglia stessa.
A ciascuno dei coniugi spetta il potere di attuare l'indirizzo concordato.

ARTICOLO 147
Doveri verso i figli - Il matrimonio impone ad ambedue i coniugi l'obbligo di mantenere, istruire ed educare la prole tenendo conto delle capacità, dell'inclinazione naturale e delle aspirazioni dei figli.

Lei Signor Hale Mark Andrew *intende prendere*
in moglie la qui presente Mao XiaoWei
Lei Signora Mao XiaoWei *intende prendere*
in marito il qui presente Hale Mark Andrew

In seguito alla risposta affermativa, io Sottoscritto
Ufficiale dello Stato Civile
del Comune di Certaldo
alla presenza dei testimoni, che hanno udito, dichiaro in nome della legge che siete uniti in matrimonio.

L'UFFICIALE DI STATO CIVILE

瑟塔多頒發的義語結婚證書

X. 禮成

4:20PM

禮畢便去瑟塔多附近的另一古城San Gimignano拍照。在新鮮的人群中走動是一件無可抑制的興奮事。這是我每到一個新地方的最大嚮往，不屬於這裡的感覺很自由，所有的喜歡都是白賺的，即使不愛也總是可以抽身便走的。

托斯卡尼的葡萄園（攝／Carlo Giorgi）

我們結婚了！
（攝／Carlo Giorgi）

San Gimignano的葡萄酒店門口，歇一下，幕間休息，閒看一下路人（攝／Carlo Giorgi）

San Gimignano的廣場，新鮮的人（攝／Carlo Giorgi）

行完婚禮的我們穿行在滿是人氣的古鎮窄巷和廣場，即使盛裝卻也是平常趕集的樣子，事後看照片，滿臉是歡喜新奇而欣欣然的樣子，好像是在赴一場雖然不知道底細，但卻滿是盼望的遊園會。記得那天走了很多很多的路，慶幸自己的婚鞋是一雙平跟貼腳的軟底便鞋，才不致於陷落在那些千年鵝卵石鋪就的街道。所過之處，素昧平生的路人用著各種語言說著祝賀，這廂是英語的「Congratulations!」，我們答謝以「Thanks」；那廂是義大利語的「Auguri!」，我們也回贈以「Grazie!」，一路逶迤行來，如逐花而行，第一次被遊客的照相機追著拍，更有大膽的，請馬克讓開，要和新娘單獨合影，新娘是滿身喜氣的，誰都不落後地要親新娘的雙頰三記，那是最旺盛純潔的喜氣。

咖啡店的女店員張望到我們一路過來，連忙厲聲疾呼著要屋裡的人都出來看新人啊，就好像我小時候，每次聽到窗外鞭炮聲聲，便是一聲吆喝「看新娘子啦！」所有的小孩子們便衣冠不整地衝下樓去，捂著耳朵地吃吃笑看大紅的新娘子。

禮畢，在San Gimignano的街道，盛裝卻也是平常趕集的樣子（攝／Carlo Giorgi）

此刻我們是新人，可是我們也是遊人（攝／Carlo Giorgi）

此刻我們是新人，可是我們也是遊人，攜手遊著這俗世的盛會，手牽著手很緊，指指點點每一樣新奇的街景物事，就像是《悲情城市》裡，我喜歡的那對叫做煥清和寬美的小夫妻，劇本裡說「正午，小倆口吃飯，家常日子，卻又是新婚」，好一個「家常日子，卻又是新婚」，可能算是我們選擇在這樣一個小城，安靜地結一場兩個人的婚的初衷吧。

尾聲

想來和馬克從同事，到朋友，到男朋友，到未婚夫，直到現在的丈夫，一步步過來用了三年時間，其間便一直是亦師亦友亦妹亦玩伴的樣子，有時其實是「少年夫妻如兒戲」般地沒有正經過日子的模式。直到有一天無意在停車場看到他的背影，忽然便橫生了那種亦母的感覺，這對一個沒什麼母儀天下心的我來說很難得，我因這個想法而視線相當模糊了一下。對你有特殊意義的人的背影好感性，我總看不得它，會叫人突擊般地心疼起來。那些從正面絕對看不出的東西，卻能從那背脊骨上瞧出來，便讓人心生起要好好對待他的心腸來。

今生今世，好生相待

私奔到義大利的小秘訣

◎倘若有興趣到義大利那地方結婚，下面這個網站，提供南到黑手黨橫行的西西里，北到羅密歐鬧騰的維洛納（Verona）各處的婚禮目的地。

Destination Weddings in Italy

http://www.destination-weddings-in-italy.com/index.htm

◎我們的住宿地FOUR TOWER CASTLE的聯繫方式：

http://www.quattrotorra.it/

E-mail: info@quattrotorra.it

◎我們的Wedding Planner，Atlantis Traduzioni 的聯繫方式：

Viale Lavagnini, 13 50129 Firenze Italy

Tel: +39 055.46.26.657

Fax: +39 055.47.04.43

http://www.gettingmarriedinitaly.com/

E-mail: atlantistraduzioni@penteres.it

2. 以交往爲前提，交往吧！

我們開始交往時，他的女友在籌畫數月的歐洲旅行前夜突然不告而別，而我也往往總能堅持一個月左右的情事，自然的，大男大女豈敢有日本人的鏗鏘，互致鞠躬禮掏出心地說：「讓我們以結婚爲前提，交往吧！」我們只是垂眉斂心地說，「讓我們以交往爲前提，交往吧！」

我和馬克在公司新員工大會上初遇，我命運性地遲到五分鐘，在衆目睽睽下貓跳狀潛入會場，事後據說當時那副鬼鬼祟祟的模樣引起了他的濃厚興趣，他認爲一個看起來挺「Cute」的人跳出來攪一個嚴肅的會議是件很有意思的事情。其實我對他的這段陳述不是很滿意，抓住「Cute」一詞在字典上是「Ugly, but adorable」（難看，卻蠻可愛的）而對他猛追窮打，可是後來一想，我第一眼看到他也沒有驚爲天人，他那天戴著紅棒球帽的樣子，活脫脫像上海滑稽戲《如此爹娘》裡的小寶，老大不小的人卻扮演天眞爛漫一少年的不倫不類；聽他說話是雪白透亮的糯米溫軟，感覺說話的人好像沒牙，再一看臉卻是鬍爬滿腮。

螳螂捕蟬，黃雀在後，我們的默契經常如此

那頂初次相識時的紅頂棒球帽至此以來被馬克長戴不衰

大約是2000年尾的樣子。我當時才從美國南方一個龍捲風肆虐還遍地牛羊的地方輾轉到北加州求職，在矽谷的一家軟體公司找到了工作；他，喬治亞理工大學（Georgia Institute of Technology）空間物理畢業的博士，也終於下定決心離開耳鬢廝磨多年的學術界，搭一搭那據說是日攀數丈的高科技過山車，於是也轉行從亞特蘭大來到西部淘金。現在看來我們倆註定沒有什麼富貴命相，當我們風塵僕僕地趕到矽谷，想分得一瓢傳說中見者有份的「髮菜羹」時，羹瓢翻了，炊火滅了，食堂關了，「矽」亦變「鬼」了，而我們卻好上了，好像大家財沒發成，總得找個寄託的樣子。

其實當初對於要不要和馬克交往是遲疑的，在異國勉力地操練洋話，上班是爲了掙錢倒也算了，想到工作之餘鬆弛時分，還得強打精神地「鬼」話連篇，不免有點惶恐。可是這個出生於威斯康辛州某鎮，有著七個兄弟姐妹的可口可樂貨櫃車司機之子，既然能十四歲就在教堂打工爲自己掙學費，一路讀成美國最好的工科學校之一的博士；以前還爲美國太空中心做火箭研究的諮詢，現在能爲網路內容管理的軟體公司做行銷副總裁，就一定有他的小噱頭。

我就是在他告訴我，他是業餘飛行員後便立刻有點勢利地喜歡他，畢竟這是聽上去有點風格的事情，和他平常敦厚的外形似有不符。和他開始

搭訕以後沒幾天，馬克就對我說，「有機會帶你去飛行吧！」可是這一說就是無限的等字，那麼其間也不能不理人家啊，於是只能賣力地參加所有他主辦的大小活動。

這一等是兩個月，有一天他突然把我帶到了坐落於聖荷西國際機場的業餘飛行員俱樂部，他平時可沒這麼威風凜凜，可是一到自己的領地，一手舉著厚厚的飛行日誌，一手提著兩副耳機，頓時換了天地般的趾高氣揚。不過，我喜歡那種由於掌握一門特殊技能所賦予人的威嚴和專業。

我們的座駕是「Cessna 172P Skyhawk」四座單引擎機。只見馬克用右手將油門保持在最大的位置，左手輕輕一拉飛行操縱杆，小小鐵鳥在嗡嗡巨響中橫空出世。霎那間，我看到了終日生活的谷地所具有的秩序和規整。我從小的夢想：朝著最光明的去處進行私人的祕舞，可是好笑的是，當我終於有機會進行一次私人飛行的時候，才意識到所謂翅膀總要是成對的；而那所謂私人的飛行，卻讓我體會到了憑空之時，其實是需要有人在那裡幫我牢牢地把握方向。

CESSNA 172P SKYHAWK，四座單引擎機，副駕駛裝腔作勢中（攝／馬克）

用最原始的方法將Skyhawk拉上跑道，沒有馬克這麼壯實的身軀是萬萬不行的

矽谷從天看

舊金山的金門大橋從天看

除了天空是他的領地，馬克還有一處私家地，那就是廚房。做義大利的「Ravioli」，那種在枕頭形狀的麵皮裡塞上Mozzarella和Romano兩種乳酪的義大利餃子，他鎮人的地方是從麵粉開始做起，自己揉麵，醒麵，擀麵，而且他是個好老師，很會分配一點力所能及卻有成就感的小活給我幹，比如大告成功地把裝了餡的皮包起來。他還自己做香草霜淇淋聖代，草綠的小碗裡，紅的莓子，自製的純白霜淇淋，就等著我剪綵般地淋上熱氣騰騰的巧克力漿，給這個美輪美奐的聖代披上華彩的外衣。我喜歡這樣的小甜頭：被快樂地指使著，朝著一個方向努力，而最重要的是，向勝利報到的最後一步還是由我促成的。

馬克就這樣用兩個月的時間施展了兩把小刷子，我樂顛顛地帶著愛玩鬧的虛榮心和饞的口舌投誠，正式開始了那爲了「交往」的交往。

當然此人縱有上天入廚的本事，可還是有一些錯誤的定位需要慢慢引導，比如他一直秉承的消費觀可以這樣概括的：「如果市面上的行情是三個漢堡一塊錢，那麼即使餓死，我也不吃一塊錢只給兩個的漢堡；如果原先一塊錢只有兩個漢堡的交易，由於促銷變成一塊錢三個，那麼即使撐死我也定將它們吃掉。」那是不知輕重的典型；比如他對於「每個成功男人身後一定站著一個女人」的說法不置可否，不過他對於「每個成功男人身後一定站著一個驚奇的丈母娘」的說法卻頗有贊許之意，那是不知高低的典型；比如他老把「外婆」念成「怪婆」或者「壞婆」，知道了我爸爸媽媽的名字後，就非常殷勤地練習，竟把我老爸的名字「守時」念成了毛骨悚然的第一聲，那是不知大小的典型。不過這些改造聽來都是有趣的挑戰。

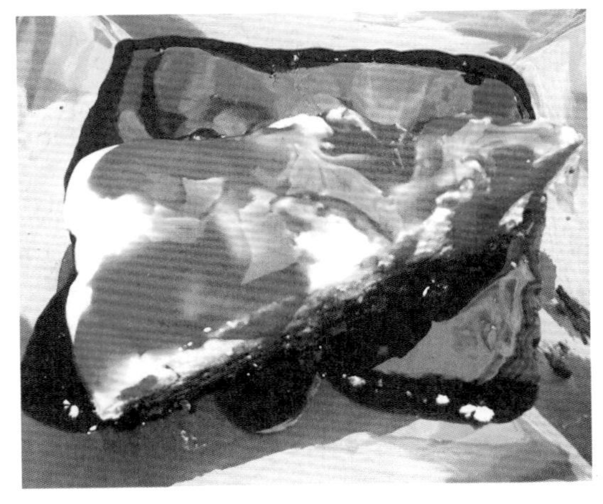

馬克自製的霜淇淋，由我戰略性的澆灌上了草莓凍和巧克力醬

馬克拿手的美式早餐Eggs Benedict

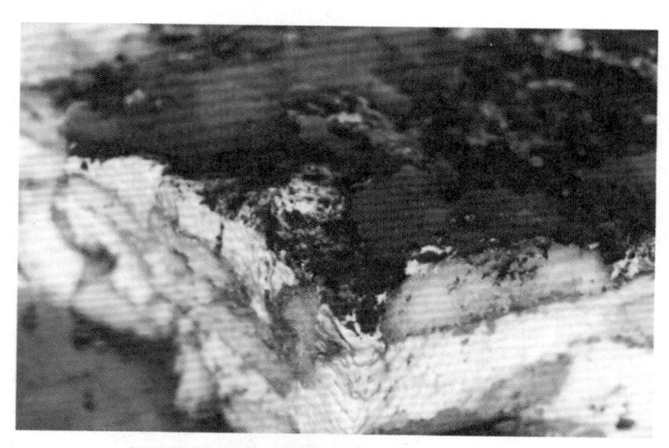

馬克最最拿手的義式甜品提拉米蘇

和異國男子的交情談心，好像是讀英文原版書，看懂自然沒有問題，如若碰上陌生的語境和表達，連猜帶想的，也就大抵明白了；而相比之下，和故鄉男子的言情，有時候反而是太明白，字字句句太透著眞切：如果是慰人的，少了點迤邐的懷想；如果是傷人的，又沒有了迴旋的餘地。

在我看來，愛情本來就不需要事事搞得煞清，只要有那麼一二點或者二三點讓你是吃牢他的，就讓它半明不白糊塗帳下去就可以了。

3. 那一場和婚紗的群架

如果不是1499年，法國路易十二的新娘穿上那套禮服型婚紗，新娘們可能將一直穿著她們的「Sunday Best」，也就是最好的出客衣服，以尋常的質地，心儀的顏色，把自己嫁出去；如果不是1840年，英國維多利亞女皇的那件十八呎長拖尾白婚紗，就此使白色成爲初婚約定成俗的婚紗色，新娘們可能仍將穿得花紅柳綠地步入婚堂。以上這些婚紗史上的里程碑，可能是歐洲皇室在歷史長河中，對於普羅女百姓做出的寥寥貢獻之一。

終於，我也踏入了婚紗店，這對一個從上班以後因爲公司規定，才開始日常穿裙子的人來說，無疑是個大躍進的經歷。根據對自己的直覺，那種不要任何蕾絲，不要什麼車骨鏤空，珠花鏈片，青龍偃月般的繁複刺繡、無肩帶Ａ字緞質婚紗應該最合心思，手舞足蹈向店員比劃了一下大概，她便轉身爲我找貨色去了。馬克在旁悄悄建議，「早知道就直接到隔壁的『沃爾瑪』（Wal-Mart）大賣場，買條上好的白床單剪裁一下，不就結了嗎？」就此，我的理想婚紗款式便被正式命名爲「床單式」。

眞沒想到，在婚紗店工作是件重體力活，沒等多久，店員便滿載而歸，她像趙王李元霸似的膂力過人，高高托起六件各重十幾磅的婚紗行走如風，臉上卻仍保持著喜娘所特有的粉面桃花。除了我要的「床單式」，她還殷勤地另外挑了幾款供我挑選，什麼雙縐紗、塔夫綢；什麼公主裙、魚尾型；什麼齊地式、長拖尾，各有名目。更沒有想到，試婚紗對顧客來說也是一樁重體力活。一到試衣間門口，只見一排婚紗早已一溜排開，掛在門外等候「交戰」。乍一看我不免慌了陣腳，一件件婚紗都是長一碼大一碼的塊頭，又和我幾乎等高，提著它幾乎有近身肉搏的感覺；加之她們全身都如銀裝素裹，層層紗巒疊障，簡直無從下手。只能告誡自己靜靜心定定神，庖丁游刃牛骨間的故事便神奇地浮上心頭：庖丁爲文惠君宰牛，

最終欽定的我的「床單式」婚紗（攝／Carlo Giorgi）

馬克和朋友Willem和蠻人George Clooney的婚紗群架

用手觸摸時，用肩抵頂時，用腳踐踏時，用膝壓制時，那如同跳「桑林」之舞的動作，那如同奏「經首」之樂的節奏，一一從腦海裡過。如此這般地用老莊思想大致武裝了一下，便陡生了「解紗」的勇氣。

於是我先取了「床單式」，小屋門一關，領會了婚紗和黃牛一樣也有紋理的道理，就此「開打」。先撥開囂張硬挺的裙撐和層層上漿的紗網，找到入口，在團花似錦的褶皺中好不容易用單臂挖出一口小洞，遵循庖丁解牛的手勢，也是一陣手摸、肩頂、腳踏、膝壓，進一步擴展已有的小洞，接著全身像一把剔骨尖刀一般地遊了進去，滿目皆為白色，然後兩掌撥清波幾下，隱約看到前方有了微弱的光源，趕緊左扭右擰，小幅微調頸背腰臀若干回合，終於浮出「雪面」。

如此這般地在小屋裡和六件婚紗一一周旋完，試過的婚紗東倒西歪白紗遍地，我早已雲鬢散亂，香汗淋漓，形同剛剛結束一場和婚紗們的激烈角鬥。所幸戰果尚佳，除了有一個因結構促狹，我鑽進去以後實在找不到出路，在兩敗俱傷之前果斷抽身而退以外，其他五個都被順利征服了，遂拍板還是買下第一件「床單式」回家。當最後重將第一件披掛上身，站在試衣鏡前的高臺上，我對著鏡子裡那個寶相莊嚴的「姐姐」深情凝視了好幾秒鐘，心裡便暗暗下了決心：為了「娶」婚紗，寧願做牛馬吧。

現在回想起來，和婚紗的那場群架中，最感性的回味是：成功征服了一件婚紗後，一把將婚紗的下擺捧個滿懷，赤著腳騰騰騰騰騰衝向屋外炫耀的那一溜小跑。那一路彷彿踩在鬆軟無骨的雲絮上，那種心無城府、義無反顧，很像文藝作品裡癡頭怪腦的逃婚女人：一撩婚紗，一踢鞋子，嗖嗖嗖嗖幾個閃展騰挪便跳上了摩托車，絕塵而去；而最理性的回味是：穿卸婚紗的過程和婚姻的合分有一定的異曲同工，套上時周章百折費思量，一如那為了結合的逢迎磨合，脫下時卻只消拉鏈一卸輕身抖，一襲剛剛還很隆重護身的禮服便轟然倒地，一如那苦心經營的婚姻塔要倒，卻只在一線間。

4. 結婚前後的洗手間

結婚前後無數變化，單舉洗手間一例，便可能有如下十變：

(10) 結婚前他的洗手間裡頂多只有一包棉花棒，結婚後他打開洗手間裡的小櫃門，眼前頓時千樹萬樹棉花開；

(9) 結婚前他一卷衛生紙能用三個月，結婚後三卷衛生紙勉強用上一個月；

(8) 結婚前他暗自記住她洗手間內瓶瓶罐罐的品牌名號，轉身在自家備置，凡不確定的，皆備足三種不同品牌供選，爲她留宿增添體貼的驚喜。結婚後他三令五申，瓶瓶罐罐以八瓶爲上限，凡開啓後連續一個月未動用過的瓶瓶罐罐，必須立刻做垃圾處理；

(7) 結婚前如果她在浴室裡洗澡磨蹭了一個多小時，他不免心疼，叩門關照道「小心別著涼了」，結婚後仍是心疼，叩門關照道「別浪費水電了」；

(6) 結婚前他拈著在洗手間地磚上偶獲的一絲秀髮，輕輕吹拂；結婚後他抓著一把才從浴缸下水道掏出的一團亂毛，重重喘氣；

(5) 結婚前每當他需要「排氣」，總是偷偷消化或跑到洗手間解決；結婚後他恣意施放，興之所至更是隆重地抬起半片屁股，並令聲響婉轉不已；

(4) 結婚前他在廁所裡大解所需的時間總是很長；結婚後所需的時間大大減少，她緊隨其後使用廁所差點沒被薰倒，方才恍悟他當年如廁漫長之謎；

(3) 結婚前浴缸裡盛著兩個人，他還嫌浴缸大了，結婚後浴缸裡盛著一個人，他卻嫌浴缸小了；

(2) 結婚前他看她用牙膏總是從中間開始擠，覺得眞有性格，馬虎得好可愛，結婚後他看她仍是將牙膏從中間擠起，覺得眞有問題，散漫得好厭煩；

(1) 結婚前洗手間不僅僅是洗手間，結婚後洗手間就是洗手間。

兩隻橡皮鴨的傳說

5. 她之三十前後記

三十歲以前她買昂貴的名牌設計師服裝和首飾想要鎖住別人，三十歲以後她買昂貴的名牌設計師服裝和首飾是要鎖住自己；

三十歲以前她選化妝品的首要功能是要能夠治痘，三十歲以後她選化妝品時只重能夠抗皺；

三十歲以前她坐飛機總挑靠窗座位，好看風景，三十歲以後她盡揀走廊座位，好上廁所；

三十歲以前，她和十幾個體型體味體溫各異的男女老少團團緊貼在公共汽車裡，悶聲肅立，三十歲以後，她在下班的隆隆車流裡，對著右車道那個老想擠到她這邊的司機怒目而視，對著左車道那個貌似囂張的BMW車主滿臉不屑，對著車後那個老緊貼著她的司機揮舞起不友好的手勢，對著前面那輛已經換了綠燈卻未及時起動的司機按響了不耐煩的喇叭。

其實三十歲並不如傳說中的那麼可怕（圖／Luis Carlos Torres）

三十歲以前她的心腸很硬，參加追悼會基本不哭，三十歲以後她的心腸變得很軟，每次只要看到新娘伴著《婚禮進行曲》從教堂甬道緩緩而來，登時便頂不住地熱淚盈眶：

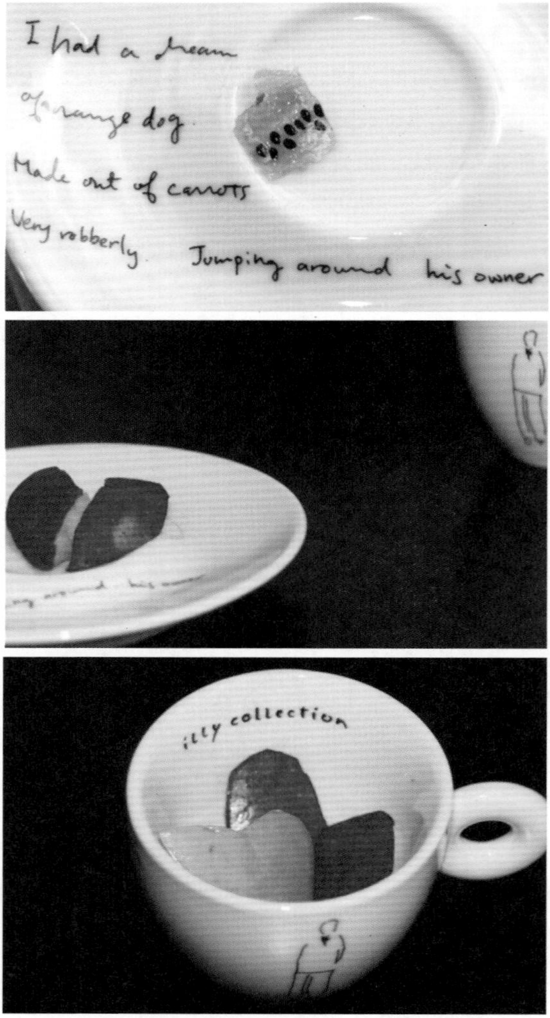

Illy咖啡杯和水果演出的一場愛情默片

三十歲以前她鼓勵父母出國好為自己帶回豐盛的禮物，三十歲以後她鼓勵父母出國好讓自己有機會盡盡孝心；

三十歲以前她常被父母逼問得哭出聲來，三十歲以後，她忽然嘴巴一癟，在父母面前淚如泉湧，老人家反倒被嚇得手足無措，不知如何是好。

三十歲以前她的工作單位一年一換，三十歲以後她的工作單位十年一換；

三十歲以前她算計著少乘一趟計程車好省下多少錢用來治裝換行頭，三十歲以後她直懊惱少乘一趟計程車竟然可以浪費自己那麼多的時間；

三十歲以前她總對女性友人數落：「我的那個老闆真是煩人……」，三十歲以後她總對女性友人抱怨：「我手下的那個某某真是討厭」；

三十歲以前她總要求全世界贊同她的言論，三十歲以後她就連對自己講的話也開始不完全贊同。

三十歲以前她經歷的一些愛情使她備感蒼老，三十歲以後她邂逅的偶然愛情使她頓覺年輕；

三十歲以前，一個不太靈*的男子傳個小紙條給她，說「喜歡你」，她立刻撕碎了那張小紙條，心裡一陣肉麻，三十歲以後，還是那個不太靈的男子發個簡訊給她，說「還是喜歡你」，她暗暗保存了那則簡訊，心裡久久感動；

三十歲以前她愛上一個人便是純粹的愛他，三十歲後她再愛上一個人，與其說是愛他，還不如說是愛自己被愛這個事實；

三十歲以前她一不小心懷上了孕，忙著跑醫院打胎，三十歲以後她想要孩子了卻怎麼也懷不上，忙著跑醫院注射各種生殖激素。

三十歲以前她覺得三十歲以後將是多麼可怕，三十歲以後她回想起過去這三十年險情連連地走過來，才更覺得後怕。

---

*不太靈：上海年輕人常用的語彙，指不出色的、平淡無奇的意思。

6. 原始碼天空下的悠長假期

2000年新經濟泡沫剛破滅那會兒，一位矽谷資深首席行政長官曾經如此安慰人心惶惶的員工：「每個在矽谷工作的高科技產業工人在其一生的職業生涯中，要在精神上和財力上準備好四次被公司解雇，三次被公司裁員，兩次創業或者加盟新創業公司，一次公司倒閉。」五年後的今天，矽谷解雇、裁員已沒有當年那麼頻密，但是創業和倒閉卻永遠是這塊熱土的現在進行式。就好像善男信女經過廟宇總要進去燒一柱香拜一下佛，生了一根創意筋的人既然人在矽谷，就沒有不在這裡玩一圈創業遊戲的道理。馬克和他的一位同事蠢蠢欲動這些年，終於決定也要去燒燒這一柱香了。

先得辭去現職。為創業而辭職時，辭職一方想著萬一創業失敗說不定還得回來權且混一口飯吃，萬一創業成功，說不定也得回到這裡再拉點人馬；留在公司裡的那些也是打著萬一那傢伙的公司有戲，將來可得想辦法

Startup的日子有點難，馬克用惠普影印機把這個陣痛十分創造性地複印下來

到他那裡分一杯羹的小算盤，所以雙方是客客氣氣，好和好散地依依惜別，就好像一對開明的小夫妻因爲生活方式或者對未來目標不同而好商好量地協議離婚，說不定到最後在外晃蕩一圈，還得苟活在一起。這跟你要變節加入其他公司有所不同，後者就好比是因第三者插足而導致的婚姻關係破裂，通常公司心下是頗爲惱恨的，但又只能強按心下不快好聲好色地進行給予包括更高工資和升職的還盤，就好像夫妻中被負的一方有時爲了挽留對方，最後忍辱負重地來一點苦苦哀求，一旦對方不接受，就此意斷情絕含恨離去，一般也不會再走回頭路。

馬克和他的拍檔就這樣和原來的公司「協議離婚」了。就在那老東家正透過視訊電話和遍布全美及歐亞的七百多員工同步進行公司成立十周年慶典時，馬克他們的雙人樂隊也低調登場了。巧的是，十年前，老東家在一個電線像爬山虎一樣攀爬在外牆的破舊公寓裡起步，十年後的同一天，馬克他們進駐一間十四平方公尺的斗室，將從原來公司帶來的一張海報像貼財神一樣地恭敬地掛在了牆頭。那個「夢想如油，風險資本是火，一燒就能照亮世界」的火紅年代已經不再，他們這個地址也許不會成爲像Addison街367號（惠普公司1939年起步的汽車庫）或者Crist道2066號（蘋果公司1976年起步的汽車庫）一樣成爲矽谷的傳奇地標，不過最起碼，他們終於得以向這個技術和創業的麥加聖地叩了長頭。

雖然辦公室不用設在那傳說中的車庫，不過公司的伺服器目前倒在咱家車庫。伺服器的風扇在空曠的車庫裡撒開腳丫子地轉，由此而來的呼呼風聲在客廳裡也清晰可聞。照理說這實在不是令人愉悅的家居環境，但是在公司任何相關產品的藍圖、市場的美景和銷售的盈利尙只是電腦裡的一列有著奇怪尾碼的檔，幾張Power Point裡的幻燈片和Excel裡的盈利預測模型時，任何一種顯示公司正在運作的徵兆都是令人欣慰的。比如眼前這個固定資產不分晝夜勞作的舉動，在我眼前展示了一幅大工業生產時期那些令人激情燃燒的場景；比如工廠門一開，一批批工人源源湧入；比如印刷機一動，一張張報紙噌噌吐出；比如團體操一舞，一行行繁體的「發」字刷刷在頭頂上盛開。

馬克的草台班子舞臺一角

馬克和他的拍檔一個主內開發產品，一個當外圈錢跑市場。對於馬克這樣的Geek（奇客）來說，可以像現在那樣，在電腦上激情澎湃地十指狂舞，寫自己的程式，做自己的產品，莫過於是一次智力和精神的巨大犒賞。在那些無需見客的上班天裡，他可以在自己的辦公室或者家裡的早餐桌上，赤著個腳，穿著鬆垮、免費，印有難看圖案的老頭衫，一口口啜著漂蕩著片片浮冰的可樂，在Krispy Kreme巧克力糖霜甜甜圈的香氛裡，在原始碼的天空下，在伺服器的潮聲中，過一個滿眼是白底黑字的花盛開在電腦海灘上的悠長假期。那可能將會成爲一段最大程度的幸福時光。

7. 結婚周年禮物記

離開2003年此時，托斯卡尼豔陽下那場兩個人的婚禮，倏地已然一年。結婚前，兩個人總是悄無聲息地在各種紀念日、節慶日裡爲對方準備禮物，暗暗地較著勁。此一時，彼一時，到結婚一周年即將到來之際，馬克公然發問，「我們應該給對方什麼結婚周年禮物呢？」我聽出他的意思，即刻接口說：「不是先前說好了，就用8月份的那次北京之行嗎？」馬克說，「那就北京之行啦。那我們就不用再另外準備禮物了哦。」

馬克想想還是有點不放心，進一步確認說，「你保證你不會送禮物的」，他說「我保證」，我也立刻堅決跟進「我也保證」，這個情形有點像出席同事的婚禮，一個辦公室裡的人總要事先立好規矩，攻守同盟的意思，誰都不能做破行情一樣。馬克想想還覺得不過癮，遂一鼓作氣地問，「那麼，今年聖誕的禮物呢？」我們就像手頭有本臺詞一樣地配合默契，我說：「不是12月份正好要去歐洲嗎？」「對啊，歐洲之旅，最完美的聖誕禮物了！」我長舒一口氣，我們總算可以像廣大有一定婚齡的夫妻一樣正常地生活了！我們曾經多麼熱衷於出各種「辣花頭」，暗暗地想一些出奇制勝的禮物，那種行爲有時候的確比較勞民傷財。經驗告訴我們：青春就是用來浪費的，初戀就是用來粉碎的，愛情就是用來對比的，婚姻就是用來腳踏實地過日子的。

可是，可是，我最終還是忍不住偷偷地準備了一份禮物。動機是出於慣性？出於競爭心？出於尚未泯滅的喜歡出「辣花頭」的本性？出於對去年此一時，今年彼一時的不勝唏噓？出於以後手頭又多一樣可以牽他頭皮的王牌？出於爲了感謝結婚這件事本身，還有那個他，讓我在最大程度上沒有變成一個尖刻的人？也許都有一點。禮物是一本自己排版，然後請人印刷的攝影集，圖錄了認識以來這四年多我們的親身經歷，形同書店出售

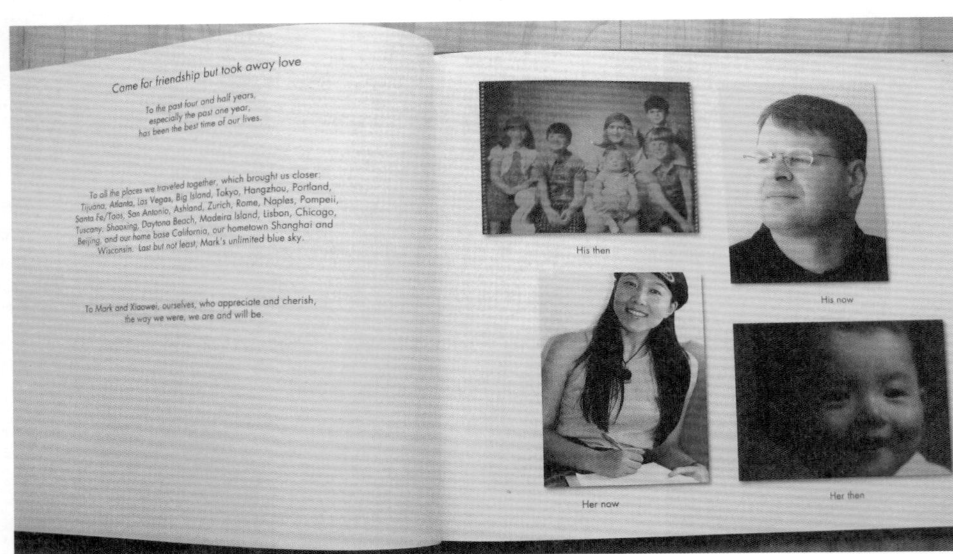

結婚周年紀念冊第一頁：我們的彼時和此時

結婚周年紀念冊最後一頁的最後一行字：The best time is yet to come. Stay tuned for the next episode......

的攝影集一樣，首頁是寫得滿滿的題獻，其後的每張照片下都有背景的註解，一共百張照片，橫陳二十五頁。以後我將考慮每五年才偷偷地送這樣一本，一年一本不太環保，而且也爲老來打掃衛生種下閃了腰動了筋骨的隱患，更麻煩的是還爲後代如何處理這些陳年老貨出難題。五年一本嘛，保守一點的估計也就十本左右的光景，到時候在哪家的壁櫥裡、陽臺上或者床底下塞一塞，想來不是一個大問題。

我這一手癢準備了禮物就是犯了規，這個犯規也讓我發現這個事先照會不送禮物的做法其實更搞腦筋。互相暗暗準備禮物那會兒，一個人只需向隅窮猜對方會送什麼出其不意的禮物，現在這新規矩才實施就被我壞了，以後雙方倒反而要多擔一層心思了：首先是猜對方終究是送還是不送，然後再猜對方會送什麼，本來想要立規矩簡化婚姻生活的，結果反倒更是撲朔迷離，期期艾艾起來。

比如，我最後也在周年紀念日的最後一秒鐘，收到了馬克出其不意的禮物。說實話，就在最後一秒即將到來的那刻，我都幾近絕望了，我都有點出離憤怒了。

8. 我的情人他的瓦倫丁，VA-VA-VOOM！

我們的婚齡都已超過五個季節了，一般二・一四前也就忙著給各自家人寄一寄愛心卡，這次因爲嘴巴饞了，還提前三天就趕緊把那頓相當於愛世界裡的年夜飯吃掉，自說自話讓聖瓦倫丁預演一場暖暖身子。當然像我們這樣做的還不止一家，二・一四當天辦公室裡此起彼落地有人在揚言——我們星期六就搞掉了，那是伸頭一刀，縮頭一刀的意思，到二・一四下午六點以後，這個說法就成爲還賴在辦公室裡的人的官方藉口。

我老闆還要振振有詞，「As usual（無一例外地），我上星期六就把花送掉了，因爲星期六的花一定比星期一新鮮」，言下之意，不是他星期六的花，倒是人星期一的花變昨日黃花了。我是如此清楚地記得去年此時此地，他也在深入淺出地宣講這個「昨日黃花論」，好像我便以這個半片屁股黏在矮凳上的坐姿，一動不動地仰視了他一年。親愛的老闆，給你一個小訣竅，如果你每年都對你老婆做一樣的事，你不要對人家說「As usual」，你得說「As always」（至始至終地），頓時單調的家雜變成了經典的家傳。

當二・一四終於大剌剌襲來的時候，我們這批透支二・一四的人不免大眼瞪小眼了，不知怎生打發，不好意思到大街上現，到無品味的飯店吃飯，早早排在戲院門口，那是要被活捉的，公然表明你對二・一四運動的不合作態度。所以最好兩個人就躲在屋裡廂，鴉鴉地等今晚風頭過了再出去換空氣。有一女性友人將於二・一五剖腹生產，如果早一天就好了，我們就可以在二・一四晚名正言順地在大街上橫著走豎著走哇啦啦走，正告

＊瓦倫丁（Valentine）：古羅馬一名對抗暴政、為情侶證婚的修士，西洋情人節（Valentine's Day）即是用來紀念他的節日。

＊VA-VA-VOOM：最近收入新版《簡明牛津詞典》的詞條，生動、性感之意。

舊金山Heart Project部分作品

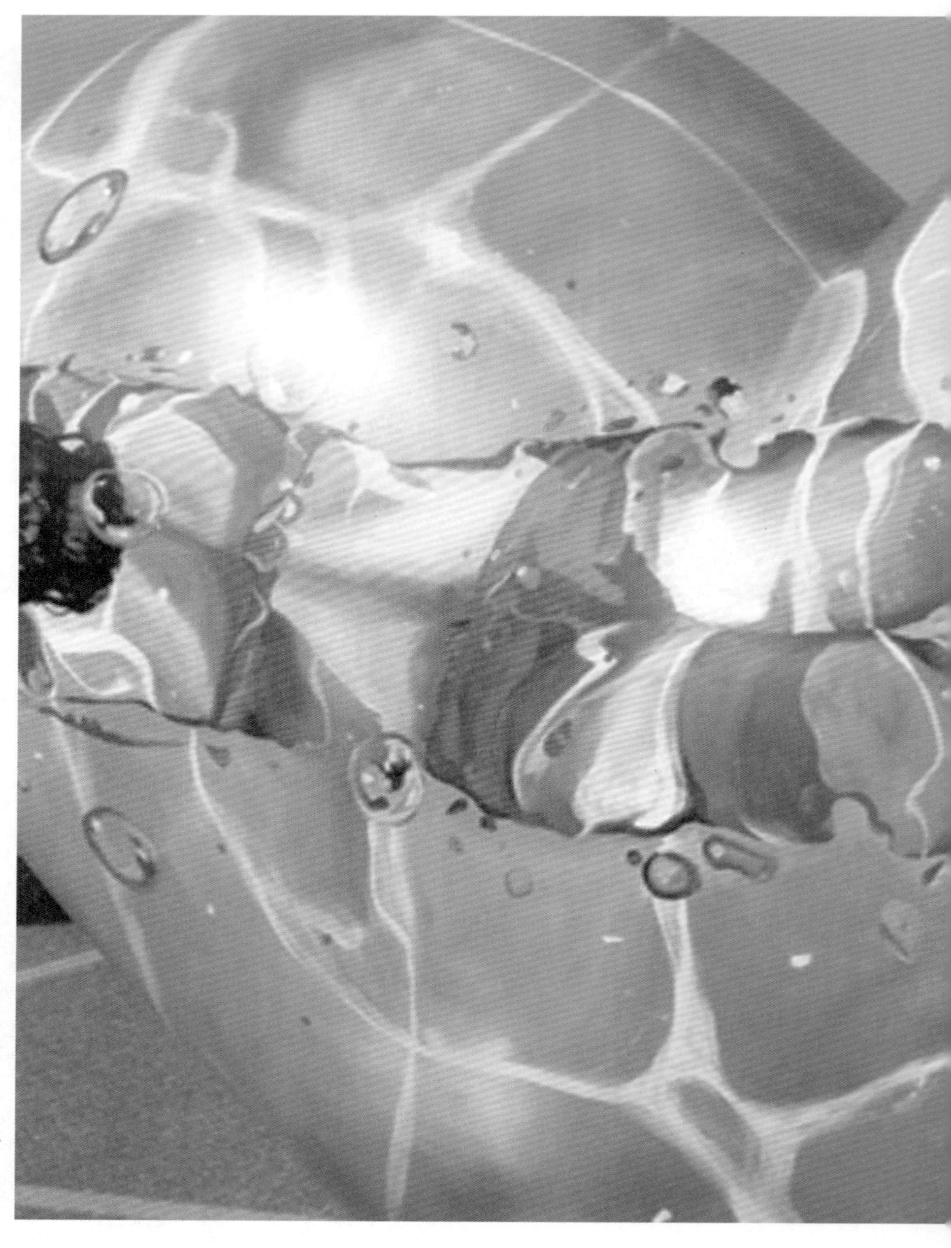

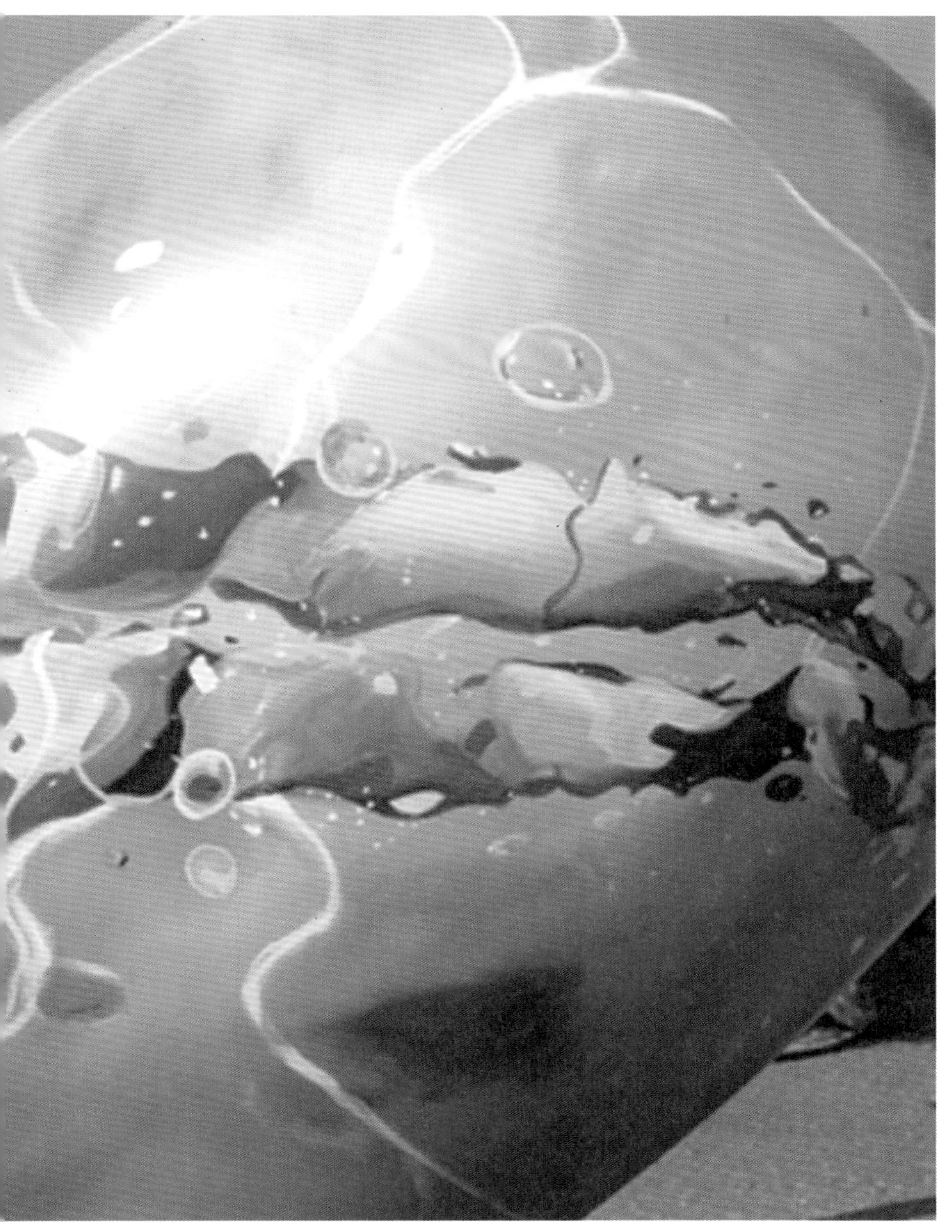

舊金山Heart Project部分作品

那些成雙對飄過的路人，「爲了一個剛出鍋的小娃兒，我們把二・一四輕輕掠過」。

開車在下班路上。電臺裡一個資深媒婆聲稱，在過去十年裡，她對七百一十五樁婚事負責，意思是她做成了七百一十五樁媒，可是這話怎麼聽都像跟恐怖組織那一路的，越回味越覺得她是內心有愧的。在離家五分鐘的時候，趕緊打電話向馬克通報，「如果你安排了什麼意外驚喜的話，可得趕緊，我這就要到家啦！」眞急人！要給人驚喜是最需要被驚喜的人配合啦。

二・一四那晚，我們最終以自製巧克力火鍋裹腹，把冰琪淋進一步凍成一朵朵像小肉圓似的小球，然後將其空投入灶頭上微吐芝蘭之氣的黑巧克力漿裡，因爲等不及地要嘗鮮，因此冰琪淋小肉圓沒有凍結實，擔任火鍋底料角色的黑巧克力漿亦不夠熱辣，這不僅使得這頓鴛鴦甜食的吃口有點不冷不熱，還導致我們的吃相極其不雅，爲了防止杵在鋼叉尖上的香草奶油小肉圓癱軟，不得不時時猴急地將嘴迎上，舔吮之聲不絕於耳。二・一四那一晚，我們一邊搞口腹之蜜，一邊還看了一部2004年的獨立電影

舊金山Heart Project部分作品

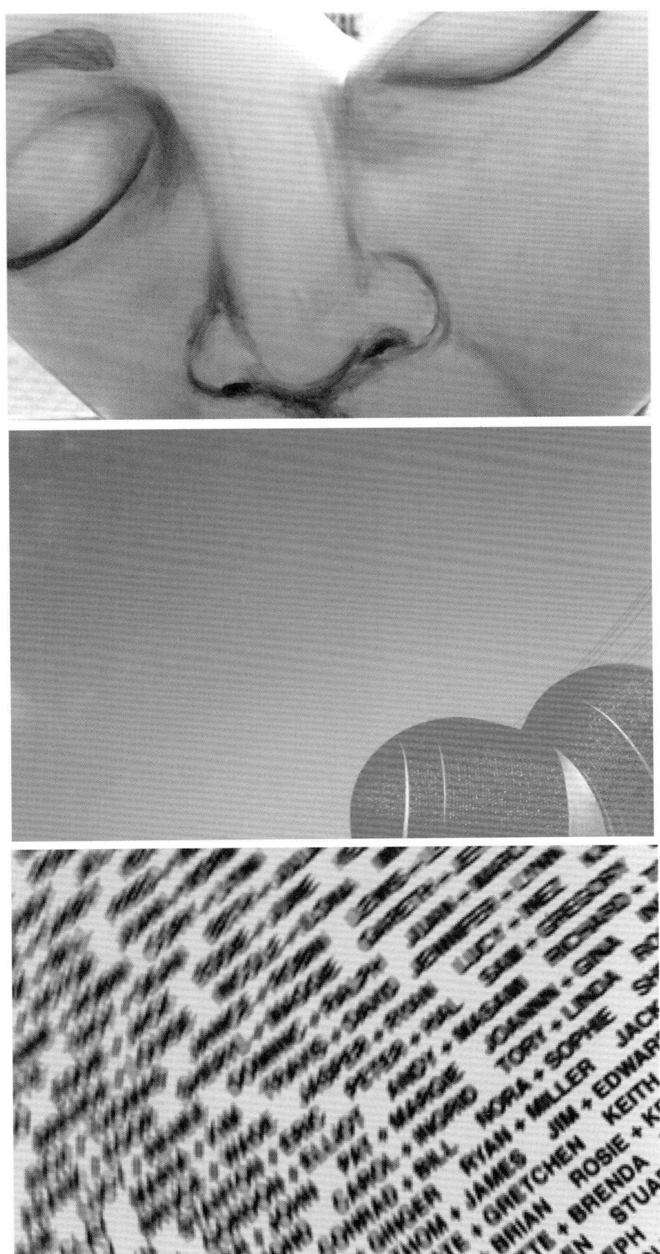

舊金山Heart Project部分作品

舊金山Heart Project部分作品

《顫慄汪洋》（*Open Water*），電影裡兩個貪玩水的小夫妻啊，在海洋深處掙扎了二十四小時，終於抵不住，一個被鯊魚咬死，一個喪失求生意志，一任自己下沉下沉。我指出該影片疑是影射男女關係的，那些大白鯊暗指一條條聞了腥就撕咬上來的第三者，最後男男女女們都將無比疲倦地下沉下沉，如臨大海深處，沒得外人相救的。本來已被這電影的物理悲傷堵了嘴的他被我這麼瞎話三千地亂點評一通，更是被電影的化學悲傷堵了心。後來說與外人聽，盡皆相顧駭然，情人節怎看此等電影？

就在二・一四終將披上外衣走人時，我抖抖豁豁地把那張備了多時的二・一四卡請了出來，封面上寫：「還有哪天比情人節更適合我來對你說那經常縈繞心懷，卻不太好意思說的三個字呢……」。

馬克小鹿亂撞地翻開，三個英文單詞躍然紙上：

「You're Sooooooooo Lucky~~~~~~~」
（你是多麼地好運！）

60°N
Prime Meridian
1. 到处睡的人
3. 旅行有毒
0 200 400 600 Miles
0 200 400

第二站>>
歐洲
——適度貪婪

"旅客朋友們，
'歐洲'站就要到了，
到西耶那四閣古堡，
柏林螺旋漿島城市客棧，
阿姆斯特丹溫斯頓旅社的旅客請準備下車，
蒙馬特高地來的艾蜜莉女士請注意，
蒙馬特高地來的艾蜜莉女士請注意，
請你聽到廣播後，速與乘務員聯繫，
里斯本來的佩索亞先生正在找你。"

適度貪婪程度＝Two shots里斯本小咖啡＋巴黎1又3/4電影印象＋一雙阿姆斯特丹的拖鞋＋一瓶前東德的酸黃瓜＋一張羅馬的薄底披薩餅＋兩個馬德里的小賊。

1. 到處睡的人

我通常異常珍惜旅行前漫長的準備工作，它們緊張而有興味，你對這樁即將到來的旅事的所有期盼和幻想，在這個時候達到沒有瑕疵的最高境界，我把這個糧草先行的活動命名爲完美高潮前的前戲。前戲包括自己編行程、排路線、買機票車票、安排住宿、提前預訂一些被熱捧的餐館、聯絡當地的狐朋狗友等等，而前戲種種中，最令我興奮異常的是找旅館。多少人認爲找旅店是件多麼頭痛或者可以將就的事情，我卻樂此不疲，想想吧，一生中99%的時間，我們睡在那間一成不變的臥室裡，眠床上那你每晚安放身體的固定部位甚至已經有了微微的凹陷和微黃的跡漬，睡在那個房間是那種每天，是那種日常，是那種習慣，是那種每天日常不得不的習慣，所以那難得的1%的機會出現時，簡直便如偷歡，怎好隨意捨棄？

如果到中國的鄉下，我們找親戚投宿，大家都有類似經歷，敲門—我來也—放下行李—捧起大碗公—倒頭便睡即可，也就不在這裡多加囉嗦。如果去歐洲的鄉下，我們找酒莊，鄉間別墅和古堡歇夜；如果去美國的鄉下，我們找老外婆開的Bed & Breakfast（簡稱B&B）；如果到那些有些Cult，散發著蓬勃草根藝術氣息的城市，我們則應該直奔那些由藝術家精心設計的Artotel （一個爲藝術旅店發明的新單字），它們的客房每間都不盡相同。

托斯卡尼豔陽下的「四閣古堡」

黛安・蓮恩（Diane Lane）在2003年憑藉《托斯卡尼豔陽下》（*Under the Tuscan Sun*）這部電影，一下子摘掉了她因爲拍攝《出軌》（*Unfaithful*）而戴上的那頂紐約郊區玩不忠的騷動中年婦女帽子，變身爲義大利田園鄉村區托斯卡尼的旅遊代言人。托斯卡尼的廣場讓再懶惰的人也想寫一張寄給老媽的明信片，嘟噥一聲最了無新意又最有殺傷力的「Wish you were here!」。

去托斯卡尼，去托斯卡尼，躲在幾百年的古城堡裡爲托斯卡尼天際抹一把彩妝，和托斯卡尼老人家同居一個屋頂下。和先生馬克在托斯卡尼舉行婚禮時，我們把托斯卡尼的名城西耶那作爲蜜月的據點，找到附近那個傳說中的「四閣古堡」是妙手偶得的緣分。在網上以「Tuscany vacation rental」或者「Tuscany castle or villa or farmhouse」作爲關鍵字搜索多時，幾欲眼花繚亂，似乎跳出來的每個住所都好，卻因此每個又沒有什麼好。就在我們幾近喪氣的時候，這個有著四個塔樓，約莫有六層樓高的城堡卻如天遣般地降臨螢幕，它在西耶那古城牆四公里外，從塔樓的窗能看到西耶那起伏的天線，一看網上照片裡的內部陳設，正是合心意的「Modern Rustic」風格，也就是回歸鄉村田園的概念。

（左上）「四閣古堡」坐落在西耶那城中心四公里外的小山丘上
（左下）「四閣古堡」近景。Mini Suite坐落在右前方的那個塔樓上
（右圖）古堡現任女主人Ponticelli太太的畫像端坐在客廳一角

古堡建於十三世紀上半葉，在西耶那和佛羅倫斯那一對托斯卡尼地區宿敵的長期軍事對抗中，曾充當重要的軍事堡壘之用。Ponticelli姊妹家族自1856年購得該古堡後，擁有至今。我們住在其中一個喚做「Mini Suite」的塔樓裡，要攀爬著旋轉鐵梯而上，才能到達我們在大大城堡裡的一方小小城堡。套房的第一層是起居室，然後又有一個旋轉鐵梯才領向城堡真正的置高點，也就是套房的臥室。那個套房裡的傢俱皆具梵谷那幅《阿爾的梵谷臥室》畫中的風格，簡樸的鄉村小生活風，那把黃籐椅面的靠背木凳，那張橙色的木梳洗台，甚至大紅色的床單，好似從畫中走出來一般。梵谷談此畫的創作時曾說，「一句話，觀看這幅畫應該讓腦力得到休息，或者更確切些，讓想像得到休息。」這也便是這套鄉居賜予我們所需要的，「讓想像得到休息」，休去想那幾百年前的烽火連天。

領向城堡真正置高點的旋轉鐵梯

西耶那「四閣古堡」的窗外，就是橄欖樹園，葡萄枝蔓，盤踞在托斯卡尼起伏的山巒

如果你不習慣和一個只懂零星英語，卻仍試圖指點你去西耶那小鎮那家賣油炸豬腦丸餐館的七十歲房東老太共用一個客廳；如果你害怕城堡底樓那個十六世紀教皇曾經光顧過的小禮拜堂會鬧鬼；如果你不喜歡馬桶邊上的牆裡那個讓鳥棲息的小洞，因為這會讓小鳥透過玻璃看到你如廁時的猙獰情形，那麼我勸你，咱就省了那份去托斯卡尼的心吧。

四閣古堡內「Mini Suite」的臥室，極盡簡樸的鄉村風

四閣古堡內和主人一起共用的客廳

四閣古堡的早餐室，老婦人的兒子一早會為你準備好早餐，做在早餐室。你和四公里外的西耶那天線一起醒來，你卻不會驚擾主人Ponticelli家族的前輩在牆上的長眠

四閣古堡的「看得見風景的房間」：趴在有著芭蕾舞者般纖細四腳的洛可可桌子上，望出去，就是橄欖樹園，就是葡萄枝蔓，就是即使老生常談，也聽不厭的托斯卡尼

古宅不心慌慌的Breakfast & Bed

Breakfast & Bed的簡稱是B&B，是一種由民居改造的，提供有旅館主人個人色彩的住宿加早餐的家庭客棧，其在西方由稀到盛已有三十多年的歷史。西式的B&B，通常一樓爲客廳、餐廳、家庭室，二樓則爲若干間擺設絕不雷同的客房。美國小城鎮和鄉間這樣的B&B比比皆是，多爲夫妻老婆店，主人以退休老人居多，B&B用房多由主人居住多年的老宅改建，他們或喜交友，或愛集古，或擅烹調。豐子愷老先生當年遊黃山時，對他理想中的旅宿之處的描繪其實就是B&B的概念，老爺子覺得北海賓館建築宏大吧，黃山賓館建築富麗吧，可卻都是集體宿舍式的，偏是黃山 之谷中的雲谷寺那樣的舊式房子，「三開間的樓屋，客人住樓下左右兩間，中央一間作爲客堂，廊下很寬，布設桌椅，可以隨意起臥，品茗談話，飲酒看山……。」

客途中借宿B&B，求的是投靠到親眷好友處的家常味，下午抵達後安置行李，稍事喘息，通常便有簡單午茶，三兩宗自製英式茶點奉上洗塵，有的則用餐前紅酒配稱作「hors d'oeuvres」的餐前點心代替，「hors d'oeuvres」包括小塊乳酪、薄脆餅乾、新鮮果蔬、特色雞尾小菜，曾經還在加州一家叫做「Pickford House」的B&B裡，嘗到過地道的港式燒賣，

位於加州中部Cambria的 Pickford House B&B的門廳，女主人是好萊塢默片迷，所以八間客房都以默片明星命名，而少了房號101、502的無趣

其中的Lillian Gish Room內部

甚爲貼心，那一身家居打扮的銀髮老媪穿梭游刃，指點當地名勝美食，全然一副溫肚暖腸的體己臉。B&B有的是家居的親善，卻沒有豐子愷老先生投訴過的，那種來自亢奮好客的親戚朋友家「優待的虐待」。一般如果投奔親戚家，任由你如何旅途勞頓，卻有義務讓主人準備好的迎賓節目一一上演，強自咽下的哈欠早已弄得淚水漣漣，主人家卻只道是談到情深，不能自已。而在B&B，便有那不領情的權力，可以席捲接風點心後，逕直回房倒頭便睡它個天荒地老；即使見人，擺個欠多還少的臉色， 也全由著自己的性子。

B&B除了給張妥貼熨心的眠床，最令我雙眼放光的是他們包括在房費裡的早餐，因爲早餐往往能定下我當天運程的基調。傳統酒店的自助早餐就像流水線上吐出來的機械速食，而B&B的早餐卻是一道外婆紅燒肉，細火慢功的獨門絕活。一早起床便如蒼蠅盯壞蛋般找到餐室，主人家已然笑意吟吟地圍兜相見，第一輪咖啡、果汁、小鬆糕、水果盤、可頌麵包及自製果醬醒口。蜻蜓點水後，便端上決戰主食，候主人心相和修行，有的是統一功能表，道地的則有幾道菜可供選擇，但都講究現做現吃的鬧猛勁，且都是當地的特色風味早點。你甩開腮幫子吃得且歡呢，冷不防回頭，那店主老頭老太太可能正舉著鍋鏟在你身後頷首微微笑呢。

Carter House Inn的早餐包括任食的各類自製早餐蛋糕、水果沙拉和現點現做的熱早點。圖中是我的早餐最愛：用荷蘭醬（Hollandaise Sauce）烹製的包括雞蛋，加拿大培根和英國鬆餅的Egg Benedict

位於北加州Eureka的Carter House Inn。其原型在舊金山，毀於1906年的舊金山大地震，Carter House Inn的現任主人在一家古董店發現了整樓的建築圖後，決定在小城Eureka照樣復原一個二十世紀初風格的B&B

如果你通常吃不下早餐或者早晨只需喝一杯咖啡醒腦的話；如果你喜歡不時要掛個電話去櫃檯抱怨：怎麼沒有Room Service，怎麼沒有Pay Per View電影服務，CNN呢，HBO呢，原來你們壓根兒就沒有電視機啊！那游泳池呢，三溫暖呢，健身房呢，那些怪煩人的、現在想來又蠻可愛的酒店背景音樂呢？！如果你總是很欣慰地目睹不少客房服務員在你周圍辛勤地奔忙，吭吃坑吃地推著清潔車；如果你喜歡看到櫃檯那些年輕的只涉及嘴角牽動的公務笑臉，而不是老外婆那張眼睛都被笑紋淹沒的摺子臉；如果你喜歡聽小費掉在服務生手上叮叮噹噹金屬質感的脆響，請你這就去：http://www.hotels.com 吧，那裡商業酒店的汪洋大海可夠你盡情暢遊了。

柏林蒼穹下的「螺旋槳島城市客棧」

透過文・溫德斯（*Wim Wenders*）的電影，開始對柏林有了親近，他派遣《慾望之翼》（*Wings of Desire*）、《咫尺天涯》（*Faraway, So Close*）裡的黑風衣天使，帶我們游離在戰前，戰後，牆倒前，牆倒後的東西柏林間，以致於當我第一眼看到「螺旋槳島城市客棧」（Propeller-Island City Lodge）的主人Lars Stroschen時，我幾乎以爲他就是那個來自溫德斯天使系列電影裡的「淚天使」——Cassiel。Lars長得很Cassiel，綿薄的嘴唇，細紋密布的臉，修長而挺闊的肩膀可以隨時扛起一對翅膀，最具天使相的是他的金頭髮，都光光地往後梳，最後挽個小辮，那是溫德斯天使的典型扮相，靈感來自於東瀛的武士。

Lars當然不是落世的天使，但他似乎做到了天使才有能量做到的事情。他的主業是音樂人，但是他在柏林市中心Mitte區一居民樓裡，搗出一個「螺旋槳島城市客棧」。螺旋槳島沒有大堂，在一棟面色慘灰的老公寓樓前站定，按響門鈴，在對講機裡報上身分，然後門就「喀答」開了，你便好似就此遁入了柏林的地下。螺旋槳島的三十一個房間全不相同，各露崢嶸，全由Lars一人拳打腳踢地設計出來，好像一個現代藝術裝置群：他時而薩德（Sade），時而康丁斯基（Kandinsky），時而奧托・迪克斯

「螺旋漿島」的「Mirror Room」：這便是傳說中該客棧最性感的玻璃屋（圖／Lars Stroschen）

（Otto Dix），時而馬格利特（Magritte），時而密斯．凡．德羅（Mies van der Rohe），他在薩德主義、表現主義、超現實主義、極簡主義、東方哲學間到處亂走，隨處留言。投宿他的島嶼變成了上館子吃飯，每次品嘗餐牌上不同的小菜，因此你可以下次來，經常來，住一住不同的房間躺一躺不同的床，和B&B想營造一種老外婆的家庭氣氛不同，這種設計師客棧只顧自己張揚，你愛來不來。

在螺旋槳島三十一間客房裡取捨，我確確實實經歷了一次腦力的劇烈震盪，每間屋子表一個態度，樹一個立場：有地板和屋頂完全倒置的「天翻地覆屋」，床和桌子都黏在天花板上，而所謂的地板上卻空空如也；有貼滿舊報紙的「老祖母屋」，屋的一側乍看是一個老祖母陪嫁的木櫥，打開木門才發現左櫥櫃裡是淋浴室，右櫥櫃裡是抽水馬桶，而櫥的中間仍然是放衣服雜物的木抽屜；有所謂的「自由屋」，其實是個完全按照單人囚室布置的房間，唯一區別是牆上有個大洞，地上留著一把鐵錘，自由就在不遠的地方；有分居同居只在一念間的「空間立體屋」，如果突然覺得床那頭的他很觸氣*，床當中的那塊藍螢光板可以在最後一分鐘轟然掉下，將一床隔成兩床……。

我多麼希望把自己大卸八塊，這樣才好確保把整個旅店的風情悉數收進，最後還是決定按照性價比*原則，選訂一間「玻璃屋」，因爲它是最便宜的，同時也被稱爲該客棧中最性感的房間。玻璃屋的靈感可能來自於畫家奧托・迪克斯，這位德國表現主義畫派領軍人物曾經在1920年畫過一幅叫做《布魯塞爾玻璃屋的回憶》的作品，那幅筆觸香豔的作品裡抓人眼球的玻璃屋也同樣布滿了形狀不規則的玻璃，兩者唯一的區別是：迪克斯的玻璃屋連地板也都鋪滿了玻璃。考慮到旅店地板的耗損過大，所以這點Lars不能滿足，他只能儘量把四周和天花板鋪滿各種形狀的玻璃。不過即便如此，這間看似最簡單的玻璃屋卻耗時最長，足足花了他兩個月時間才終於把這間房子拼搭完成，並且將壁櫥、電視機、門和窗都巧妙地掩藏在玻璃之後，以致於進屋後，在一個滿牆滿屋頂都是稜鏡的屋子裡，你只能看到自己的影像，被撕碎成無數片，萬花筒般的碎片，即使支離破碎，也不悲傷，令人只想瞇縫著眼，晃晃悠悠地笑，一如重回母嬰時代，你在一個那麼小，又無限大的空間裡，寂寞無憂地生長。

如果你借宿旅館時會把房間折騰得一塌糊塗，你從不疊旅館的被子，你一定要有叫醒服務的話，你可不能住那兒，那裡沒有人爲你清理房間，要求你自己維護房間的整潔；如果你喜歡在房間裡上竄下跳，追逐嬉戲，並時時磕磕碰碰的話，你也不能住在那裡，每間房間都是精心搭建，有如展覽館的藝術裝置，經不起你的氣震山河；如果你不放心一個號稱是音樂人的店主大清早起來爲你準備的早餐；如果房間裡那本有《高等數學》那

---

*觸氣：上海話，令人討厭的意思。

*性價比：中國大陸用語，公式為性價比＝性能／價格，性價比越高，表示用越低的價格買到了性能越高的產品，即越划算的意思。

樣厚的「玻璃屋」使用手冊會頓時讓你頭大如斗，我眞不好意思騙你一直讀到這裡。對了，如果你對在塡寫大學聯考志願時對第一志願、第二志願、第三志願定奪不下的惡夢記憶猶深的話，這個地方可能也不適合你，因爲在螺旋槳島的預訂網頁，它也同樣要求你塡寫第一、二、三志願，萬一你的玻璃屋已被預訂，你仍然有機會入住老祖母屋、天翻地覆屋。

在路上，不要旅行社提供的一攬子服務，那好像是父母包辦的婚姻；不要連鎖酒店，那好像是婚姻介紹所推出的所謂「婚姻正確」方案，要自己去尋尋覓覓，那便好像是一見驚情，私訂終身，心中著實歡喜，又免不了惴惴，最終到底是好是壞，全要看自己的造化。因此，我儘量做一位到處睡個新鮮的旅人。

「螺旋槳島」的「Symbol Room」：「符號屋」非常康丁斯基，怎不讓人想起他那幅只有黑白符號的作品《TRENTE》（圖／Lars Stroschen）

「Orange Room」：康丁斯基說，「橙色彷彿是一位對自己深信不疑的人。它的音調像一把古老的小提琴所奏出的舒緩、寬廣的聲音。」在這個有很多S/M意味的旅店裡，店主Lars也懂得在華麗重金屬後，來一下極簡的New Age（圖／Lars Stroschen）

「Upside down Room」：「天翻地覆屋」有點馬格利特。這間屋子天地顛倒，可是睡在哪裡？掀開地板，下面藏著四張床！（圖／Lars Stroschen）

「Spacecube Room」：分居同居只在一念間的「空間立體屋」（圖／Lars Stroschen）

「Two Lion Room」：「雙獅屋」是該客棧最大的套房，可以睡四人，不過其中兩個人將不得不睡在獅籠裡。這個房間便是比較薩德了（圖／Lars Stroschen）

「雙獅屋」裡有全旅社最大的浴缸（圖／Lars Stroschen）

「Freedom Room」：「自由屋」是一間模擬單人囚室，房間一角有光禿禿的馬桶，不過有了那個大牆洞和大錘子，自由還會遠嗎？（圖／Lars Stroschen）

「Gruft Room」：這個，這個房間不推薦給有幽閉恐懼症的人住（圖／Lars Stroschen）

「Grandma Room」：「老祖母屋」是整個客棧裡最規矩的一間了，Lars老外婆在黑燈瞎火裡灼灼地注視著你，讓你怎能不規規矩矩？（圖／Lars Stroschen）

「老祖母屋」的木櫥裡卻另有錦繡（圖／Lars Stroschen）

「Four Beam Room」：我也不知道這張床該怎麼睡（圖／Lars Stroschen）

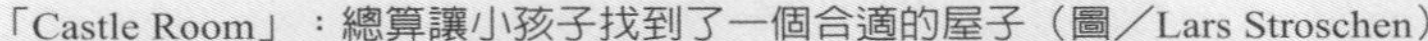

「Castle Room」：總算讓小孩子找到了一個合適的屋子（圖／Lars Stroschen）

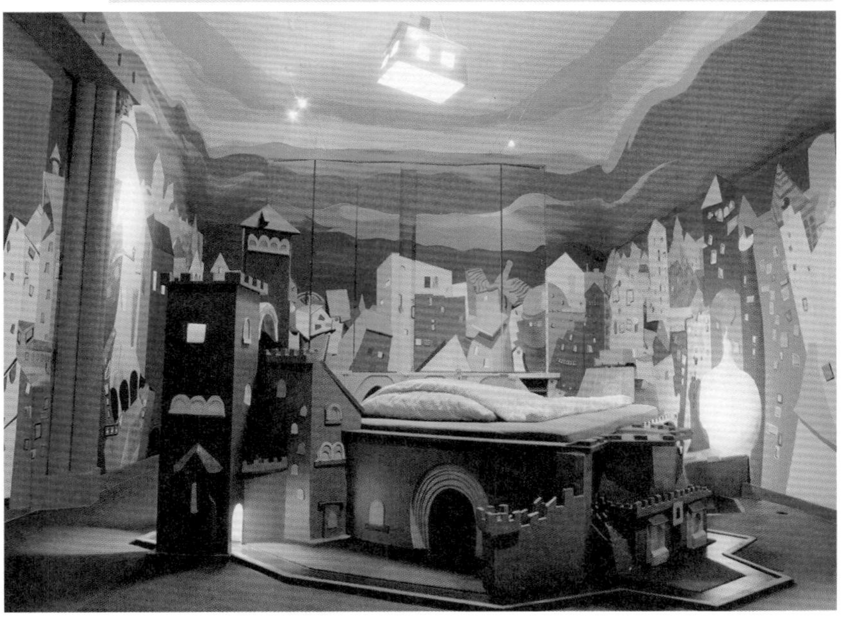

睡在義大利的小秘訣

◎義大利「四閣古堡」（Castello delle Quattro Torra）的聯繫方法：

http://www.quattrotorra.it/en/index.html

E-mail: info@quattrotorra.it

對於城堡、山莊和別墅，一般來說住一週最為合算，可以拿到最低價，又有誰到了托斯卡尼、普羅旺斯或者米克諾斯，拔腿就走的呢？千萬要住滿一個禮拜！

價格：1天160歐元，3天420歐元，1星期860歐元

◎到世界各地旅遊，如果想下榻B&B，可事先在這個網站預訂：

http://www.bedandbreakfast.com

一般B&B客房有限，都需提前至少一個星期到三個月預定，但是有心撿一下便宜的朋友不妨在出發前查好當地B&B資料，並且事先要確定當地有足夠的其他住宿場所，可以在晚上八點過後直接到B&B，如果它碰巧有空房的話，通常會以便宜1/3的房價成交。

◎柏林「螺旋槳島城市客棧」（Propeller-Island City Lodge）聯繫方法：

http://www.propeller-island.de

E-mail: reservierung@propeller-island.de

客房價格在65歐元到180歐元之間，冬天淡季時每間客房價格下調20多歐元。

2. 旅社，走出肚臍的角度

旅社，怎麼能單單只用來住一宿、睡一覺呢？如果俄國結構主義攝影家羅欽可（Alexander M. Rodchenko）還在世的話，他一定會恨鐵不成鋼地對旅店店主說：「旅社，要走出肚臍的角度」，一如他在二十世紀初提出攝影若要與繪畫脫離關係，便唯有從不同於繪畫取景的角度著手。因此他不再把相機放在肚臍的角度，我們也把不同於習慣思維的角度稱爲「走出肚臍的角度」。

阿姆斯特丹之行便讓我捕獲到了這樣一家「走出肚臍角度」的旅社——溫斯頓旅社（Winston Hotel）。和北京時下流行的「長城下的公社」之類的精品酒店不同，雖然他們同是由設計師精心打造，每間客房各有不同，前者以爲顧客量身訂造當立身之本，而溫斯頓這樣的藝術旅社完全只爲展現設計師的創作理念而設，他要求客人順其思路，協同他一起完成這個互動的裝置作品，形同你去觀賞魔術表演，可不是兩腿劈叉往那裡一坐了事，你得時刻提防著被吊起來上臺配合表演。走進旅館，你還能不時看

「請勿觸動按鈕」房內部：觸動紅色按鈕前等同於偷食禁果前的伊甸園，銀色標籤上寫的是：what happens if you touch that 'don't touch the button' button?（如果你按了那個「請勿觸摸」按鈕，接下來會發生什麼呢？）

到工匠一樣的人在房間或者走廊大興土木，他並不是裝修工，而是藝術家在他的裝置現場裝臺。

讓我們隨機抽查一下溫斯頓的房。404和406房是一個整體概念，藝術家覺得阿姆斯特丹街頭有很多間供男性使用的廁所，體現的是一種對女性排除的觀念，爲了喚起公衆對這種威脅平等現象的注意，他們設計了一組房門上分別有男廁和女廁標誌的「廁所客房」，當你分別入住這兩個性別各異的「廁所」，你將面臨很多與性別有關的混淆；418房是一間通體鐵牆的房間，牆面上散布著字母磁鐵，讓你由此在沉默中表達自己響亮的主張，比如一覺醒來，你的他可能留下：Will you marry me?（嫁給我好嗎？）最後一個問號下的一點便是那枚戒指，也可能留下：We are so over!（我們早就完了！）然後斯人已去，只留帳單；604房叫做「XXXXXX工廠屋」，讓客人直接參與到客房的無限制營造中去，房內留著一架照相機，讓客人拍下觸動他們的城市種種，藝術家隨後將用拼貼畫的形式將這些即興小照布置到房間牆上，層層疊疊地展現千人千面的風景、人情、世故和立場；比起其他房間的大動干戈，704房著實清潔寡趣，清清爽爽的房間內，是一張可合可分的床，座椅和桌子連體的餐桌一張，牆上留著這樣的字樣：「鹽，胡椒，還是砂糖？」引人設想：在一個陌生城市的一間房，一齣小劇場話劇一樣的現場，裡面的一雙雙人流水般地來去不一樣，而那些物事卻未嘗移動也未曾發出聲響。

我最後選定入住403房，名爲「請勿觸動按鈕」房。當當我尚在瀏覽旅社網頁時，就已經恨不能鑽到電腦裡，大力按動房間裡那個狀如消防警鈴的鮮紅按鈕，只因爲那個按鈕下有著同樣旗幟鮮明的標識：「請勿觸動按鈕！」。藝術家在這裡對人性的弱點開了一個善意的玩笑：在所謂的禁果面前，人們將如何自持。當我終於拿到了鑰匙，進門做的第一件事當然便是直奔禁果而去，抖抖索索地按下按鈕，先是無甚反映，繼而房內陡然烏黑一片，旋即一排螢光頂燈亮起，猝不及防時，四周突然爆發出類似機床開動的轟響，只見四扇捲簾鐵門這就從前後左右四面牆上方隆隆而下，轉瞬之間，猩紅曖昧的房間變成了一間嚴嚴實實的不銹鋼牢籠。正在束手就擒摸不著北之際，天花板上的三個電腦螢幕開始輪流亮亮暗暗，螢幕上紅色按鈕隨機出現，好像是提醒你禁閉的緣起。二十分鐘後，又是一下猝不及防，鐵捲簾門在巨響聲中緩緩升起，一切在瞬間歸於原樣，儼然犯罪現場從不存在。當我再猛敲按鈕，它卻就此紋絲不動。

住了按鈕房後，在前臺，電梯，走廊遇到的旅館工作人員都會神祕兮兮地湊上來問一句：「按了嗎，按了嗎？」好像新婚不久的媳婦遇到求孫心切的婆婆，每天賊忒兮兮*地照面就問：「有了嗎，有了嗎？」於是朗聲道：「按了，按了！」隨即又壓低聲音相詢：「為何複按不果？」老頭們掩飾不住得意說：「每二十四個小時只能啓動一次，每次持續二十分鐘。咱們等明天，等明天吧。」原來禁果也需遵「醫囑」，每天一顆。

當旅館走出肚臍角度時，它是玩具，是工地，是裝置，是懸念，是花招，是暗示，是海報，是麥克風，它甚至是某種武器，某種走出肚臍角度的武器。

觸動紅色按鈕後等同於偷食禁果後的伊甸園

*賊忒兮兮：上海話，意指鬼頭鬼腦。

遍布阿姆斯特丹全城的運河（攝／聶曉春）

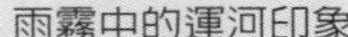

雨霧中的運河印象

印象畫家的調色盤
（攝／聶曉春）

阿姆斯特丹那些被當地人戲稱為很「GAY」的房子，因為它們都不是筆直的，所以也就是Not Straight了。房歪是因為當地水位高，所以地基深達十三公尺，而當時的老房子都是木頭的，連帶地基用的也是木頭堆，日久木頭便開始腐爛，房子也逐漸傾斜

走出阿姆斯特丹肚臍角度小秘訣

阿姆斯特丹「溫斯頓旅社」（Winston Hotel）聯繫方法：

http://www.winston.nl

E-mail: winston@winston.nl

3. 旅行有喜

2004年12月，輾轉在歐洲大陸，一晃，落幕了。旅行中無端生出那很多的小喜悅，回想起來，它們是我貼身的行李，或者更確切地說，是私密的遊伴。

喜的是機場或者火車站候車大廳裡那老式的懸掛式時刻表，塑膠牌「嚓嚓嚓嚓」飛快翻動，即時地更新著列車或者航班的進出狀況，它發出的清脆聲響總讓我聯想起那種有透明硬翅的昆蟲不慎被絆想抽身時，拚命撲閃翅膀的聲音，代表著尋求出路的努力，堅定卻又宿命。相形之下，電腦螢幕多麼無趣，它好像正主謀著，要使旅行純粹變成功用。

舊金山Great Highway旁的海邊防汛牆（圖／馬克）

喜的是一腳踏出火車站呈現眼前的瞬間，如果將城市比作一戶人家，那多半位於市區中心的火車站外就是那戶人家的客廳，匡噹一下子地，我就栽進了那戶人家社交的核心。這便讓踏出機場的一瞬間相形見絀，那裡只好比社區的入口，離家還遠著呢，連飯菜香都聞不到，只看到一齣不親近的排場。

佛羅倫斯火車站的老式時刻表

阿姆斯特丹有軌電車

喜的是投奔那種沒有公式化大堂的民宿，英文叫Breakfast & Bed的私人旅館，計程車戛然停在尋常巷弄裡，茫然地下得車來，迎面卻發現那扇緊閉的門扉上貼了一張給自己的便條，寫著「曉瑋，知道你今天抵達」，然後告訴你怎樣開門。進得房間，主人留一張紙條，說週末如果有興趣，不妨跟她逛菜市場，然後上一堂當地菜的烹調課。主人周詳又不勉強。旅館門口甚至沒有任何招牌，它，便如此隱於市中。

喜的是在市區範圍不大的城市，比如阿姆斯特丹，一步跨上有軌電車，正吭哧吭哧地在冬衣口袋裡翻找公共交通聯票，司機大手一揮，「進來吧，我認得你」。哦，兩個小時前，我在同一輛車上。

喜的是旅行中敞開肚子席捲平日忌口的垃圾食物，比如遍布德國大街小巷的那種裝在三角紙包裡的Pommes frites，是一條條比麥當勞粗壯有力的新鮮炸薯條，才出油鍋的麵上淋一層厚厚的番茄醬。冽冽朔風裡，還等不及收好找錢便叼起一根炸薯條的味道，不輸於那個法國人菲利浦．德朗（Philippe Delerm）所描述的「喝第一口啤酒的滋味」。

海德堡古堡前的小吃店中，那大大旗幟上的圖案就是三角紙包的Pommes Frites

喜的還有很多，比如毅然扔掉旅行指南，任選一條大街往深處走，直到它越變越細，直到它不知返處；比如在公車上，望望窗外的野眼，再瞄瞄對

座的人，偷聽不懂的閒話，趁風景和人都不注意的時候，死死地看，直到差點誤了站；喜的是淘到了有趣的明信片，買齊了明信片，夤夜龍飛鳳舞地寫好，在臨撤離這個城市的最後關頭及時地把它們傾倒進郵筒；喜的是急上廁所，慌不擇路地衝進一般只對顧客開放的餐館附設廁所，卸了擔後正心懷鬼胎地想悄悄隱身，酒保卻笑盈盈地對我說：「沒晚一步吧？」

義大利拿波里的無名小巷深處（攝／馬克）

旅行中，行李和走在自己前面的影子

最喜的是旅行中的超連結，在一個全新的目的地，卻發現了一兩處變了色的連結，只消輕盈一點，便把我拽回了那個才作別的地方，一如Internet的超連結文本。比如才在出發前重溫了《艾蜜莉的異想世界》（*Amélie*），轉身便已晃晃悠悠地轉到了巴黎蒙馬特的聖文森大街，電影《艾蜜莉的異想世界》的第一幕就在這裡，畫外音適時響起：「9月3日傍晚六點二十八分三十二秒，一隻一分鐘可以振翅一萬四千六百七十下的藍色果蠅降臨在蒙馬特的聖文森大街」。

比如才告別蒙馬特的勒比克大街（Rue Lepic）五十四號，那個文生・梵谷（Vincent Van Gogh）曾經謙遜生活著的公寓，二十四小時後我便已降臨在阿姆斯特丹的梵谷博物館，撲面而來的是梵谷1887年的布面油畫：《從文生在勒比克的房間看巴黎》，畫面呈現的正是勒比克大街五十四號三樓望出去的巴黎天線。新印象主義的點彩風將蒙馬特大抵灰藍的面目解析成細碎的色彩斑塊，蒙馬特的上半身因此流光溢彩。

《艾蜜莉的異想世界》的傳奇發生在巴黎的蒙馬特高地，這裡便是艾蜜莉每天會光顧的雜貨店

蒙馬特的勒比克大街五十四號，那個文生·梵谷曾經謙遜生活著的公寓

梵谷1887年的布面油畫：《從文生在勒比克的房間看巴黎》

霍柏1928年的那幅《夜窗》

比如才將離梵谷博物館不遠的Jordaan區的印象交付給記憶保管，從阿姆斯特丹到科隆的列車便把我引到了和科隆大教堂比鄰的路德維希美術館，美國現代寫實繪畫的代表人物愛德華・霍柏（Edward Hopper）的畫展正在該地舉行。霍柏畫很多高速公路邊的旅館，很多預示變故的火車，很多動盪片刻的滯留，很多兩人之間的寂落，他還畫很多驚鴻一瞥的夜窗。在他1928年的那幅《夜窗》前站定，三扇毫無遮掩的窗戶裡，有半個女人的模糊背影，粉紅睡裙下的肢體如層巒起伏。那一刻，那窺視中既親密又疏離的定格，怎不把我帶回阿姆斯特丹，Jordaan區運河邊小望窗扉的水都之夜？那個十七世紀藍領階層的聚居區現已是藝術家和引領風尚的年輕人的陣地，遊走 Jordaan最自然不過的事情便是張望運河兩邊的人家，他們都有一扇扇頂天立地的窗戶，即使夜已落下，Jordaan的居民卻不急著卸下窗簾。屋裡通常也有一個女人的影子，背對著窗，好像在準備晚飯，或者只是一個茫然無措的意象。

比如，旅行終近尾聲，在法蘭克福的機場，翻起從來沒能讀完的艾倫·狄波頓（Alan de Botton）的《旅行的藝術》，看到他在書中一次次地提及霍柏的畫：自動售貨餐廳裡獨守咖啡的黯淡女子，旅館裡正在讀信的獨行女子……，我對這種空間時間人物之間的交叉來回超連結早已不再詫異。

旅行，從開始到結束，都那麼地快，以致於來不及呼吸，以致於追不上自己郵寄給自己的明信片的步伐。就像《艾蜜莉的異想世界》裡那個從不出門的玻璃老男人對艾蜜莉說的：「就像環法自行車賽啊，久久期待，轉瞬即逝。」於是，不再作任何他想，扛起隨身物，登機回家。

於是，便是旅行中最最喜的：能夠走回來時的路。

阿姆斯特丹的運河人家夜色

北加州Carmel的老教堂前，加州
是我現在暫時的家（攝／馬克）

4. 羅馬偶爾浪漫

義大利假期第一站：羅馬。羅馬假日總被人貼上浪漫標籤，其實羅馬通常並不浪漫，那關於浪漫的誤會可能來自於《羅馬假期》（*Roman Holiday*）那部夢工廠型電影。《羅馬假期》裡的浪漫經典：安公主駕著「比雅久」五〇年代最具傳奇色彩的「Vespa」摩托車，花枝亂顫地向「許願泉」進軍，橫衝直撞之下的正午羅馬街頭竟無車流，安公主的嬌嗔驚喘居然也蓋得過「Vespa」草狂無比的「嗡嗡」發動機聲。（「Vespa」這個商標的得名便來自於其如黃蜂轟鳴的嗡嗡聲以及黃蜂一般的尖尾巴。）

事實上，羅馬城的交通始終處於極其密集和高亢的黃蜂狀態，像安公主這般骨頭輕*的招搖，預料即使沒被撞死，也會被眾司機的口水給淹死了。據說每年總有幾個木熏熏*的美國良民喪身於羅馬的黃蜂交通下，只因他們大多嚴格恪守交通燈的指示，卻忽略了交通燈有時僅作裝飾這一事實。有人高度概括：羅馬只有兩種行人，一種是跑得快的，一種便是那死了的。黃蜂交通裡只有驚情，了無浪漫。

Campo de Firoi的花攤

*骨頭輕：上海話，指輕浮、得意忘形，但不具貶意，通常是朋友間親昵笑罵時的用詞。
*木熏熏：上海話，形容呆頭呆腦。

羅馬競技場的蒼涼背影

羅馬Capitoline Museum的露臺

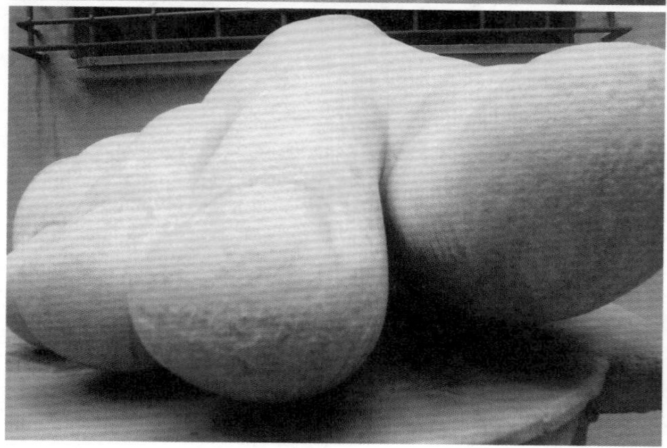
羅馬Capitline Mesuem天庭裡，康斯坦丁大帝的大腳丫子

羅馬Piazza Novana
的今古兩代猛男

羅馬萬神廟前的噴泉

去咖啡座吧，像安公主和喬記者那樣的露天咖啡座也是聽上去很羅馬的浪漫，進了城才發現羅馬的露天咖啡座都被手攜一本「DK出版社」出的那種帶很多花花圖片卻很少字的省腦導遊書的遊客佔領，羅馬的簡餐咖啡店裡有室內的自助站位和提供餐牌的露天座位兩種，本地人很少孵那種座位比站位要貴三倍的露天咖啡座。咖啡店櫃檯最裡面的部分是「站吧」，如同第一章所說的，沒有座位，當地人都站在櫃檯上喝咖啡，行色匆匆的人，進店來「One Shot」地一飲而盡後放杯走人，前後半分鐘不到。到羅馬不消兩日，我便學得了這手在咖啡吧前的三分鐘羅馬早點，一邊還能賞聽不知所云卻云云的義大利閒言碎語，倒像是看一齣不浪漫卻十足世相的人情劇。

羅馬餐廳區的夜空是由流浪藝人的風琴聲撐起來的，安公主曾經在那樣的夜音下舞得心神蕩漾。流浪藝人們求的是錦上添花，便只奏那些外國人約莫聽說過的拿波里陽光情歌，可曾想，經那風塵流落相的清寡手風

坐在馬克操縱的摩托車後看到的羅馬工人區Trastevere的尋常嘈雜街景

安公主當年騎的「比雅久」五〇年代最具傳奇色彩的「Vespa」摩托車俱往矣

琴處理過的熱力調子卻了無歡快之意，乍聽之下竟是恍然去到了花煙雨霧的西湖，油傘輕張之下，整顆心便似蒙上了豬油，滑不留手地，在胸腔裡猛一陣左突右撞的心傷，直令到眼神衰落傷了胃口。等催情藝人一路奏到跟前，他拉風箱的右手趁著開合之際，攤開手掌到眼門前要賞，倉促地給了碎錢，不敢直視，只覺得鋪天蓋地的情傷，任再自視幸福的人也惶恐起一個事實：幸福們原來是一件華麗的皇帝新衣。

Trastevere的小巷永遠這樣水泄不通

在羅馬舊城的猶太人區

那羅馬就沒有一點點的浪漫嗎？還是有的，那眞正放射浪漫光輝的時刻出現在離開羅馬的前一天。那日黃昏五點多，在G. Vitelleschi大道三十四號的酒店頂樓露臺上望城，夕陽金光從西邊的聖彼得大教堂斜刺裡掃射過來，映照著東邊的聖天使堡亦是紅粉一場，茫茫赤天中但見樓下的車形人狀渺小點點，影垂落卻無從起的寞然。等到整六點際，全羅馬的蒼穹齊聲歡頌吉祥，源頭來自於此起彼伏的教堂鐘聲，那聲響是一個巨大的金鐘罩，一下子便嚴嚴實實地捂住了羅馬大街上所有的黃蜂嘯。斯時的肅穆壯美令無神無信的我竟如歐・亨利（O. Henry）筆下《警察與讚美詩》裡的那個索比一樣，一時間被「黏在了螺旋形的鐵欄杆上」。

流浪小藝人的風琴聲

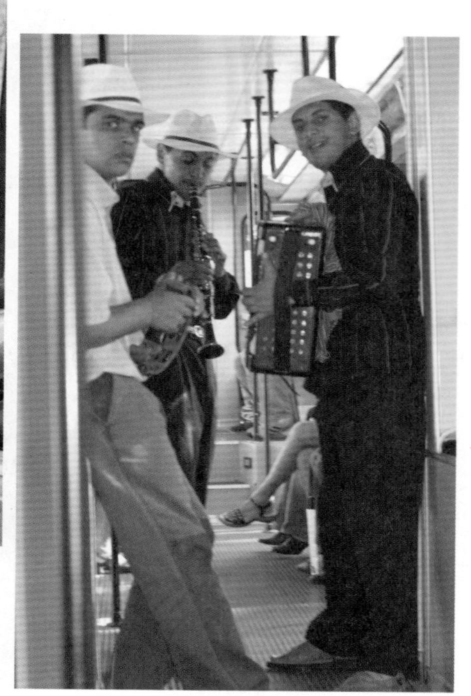

流浪三人組在有軌街車上的巡迴表演

一片金光下的聖彼得大教堂，衆神在歡唱

聖彼得大教堂內的主教

梵蒂岡城的瑞士守衛

聖彼得大教堂廣場上，教徒冒雨聆聽已故教皇若望保祿二世佈道

5. 義大利，總有一場聊天的盛宴

義大利是個喜歡碎嘴長舌的國家，如果眞的吃飽飯沒事幹，則不妨用這樣一種劍走偏峰的方式體會此地風物：帶一張起了繭的耳朵和不求辦事的心，聽聽義大利閒話。義大利人們說些什麼固然是雲裡霧裡，但正因爲這不懂得，便尤覺其語氣的壯闊激烈，再拌上自己的想像，義大利人講話便有了渾然天成的戲劇性，即使對方談論的可能只是夜飯的那瓶甜食酒，在旁人聽來卻好比殺夫棄子醞釀中。

義大利人酷愛聊天，可能得益於古羅馬講究修辭，重視講演的傳統，雖然隨著帝制的建立，雄辯術不再像共和時期般是揚名立萬的重要工具，但是仍然不失爲有教養的羅馬人的標誌。義大利式聊天的進一步發揚光大還來自於其得天獨厚的廣場文化：古羅馬的城鎮，多有在公共建築中最爲壯麗出挑的中心廣場，街道的線性交通功能結合廣場點狀和面狀的逗留、匯聚功能；同時古羅馬人家居甚小，湧向廣場、教堂這類光鮮敞亮的宏大

從拿波里到龐貝的小火車上，滔滔不絕的義大利大叔正在車聊

義大利阿姨正橫著幾道鐵軌和站在另一個月臺上的大伯吊著嗓子地調情聊

盧卡城裡的老太太老先生們的晚睛聊

拿波里老兄弟間的強脾氣耿聊

義大利街頭的真正盛宴。種種頭道菜，義語叫做PRIMI PIATTI，主要為義大利麵和披薩兩種

建築講閒話便成為舒筋展骨的休閒活動。此外，羅馬人的滔滔不絕還可歸因於大浴場時代的薰陶。羅馬人的浴場何止洗澡那麼簡單，自古以來，那就是他們生活裡最坦誠相見挖心掏肺的社交場所，每每捱到下午，一批批羅馬人，帶著酒神的元氣和一上午無聊憋足的鳥氣，向浴場齊齊蜂擁而去泡澡海聊。

義大利人那場聊天的盛宴，講究的是過程的綿長細密，姿態的奇巧百狀，心思的物我兩忘。所謂過程的綿長細密，是指義大利人聊天的架式，好比古羅馬彪炳千秋的文學大師西塞羅的文風，如燎原之火噴薄騰越於曠野，久不衰竭；所謂姿態的奇巧百狀，是指義大利人不喜了無想像力的面對面坐聊。義大利人聊天講究的是距離催生的無限喜歡。因此常見的是捧著電話聊，樓上樓下聊，隔街望巷聊，甚至橫著幾道鐵軌在兩個月臺上吊著嗓子聊，其狀之激烈，倒是和以前上海過街樓裡的女子吵相罵時的勁道有得比；所謂心思的物我兩忘，是指義大利人聊天時的心神合一，聽到電話鈴聲便有如教堂彌撒鐘聲的呼喚，哪怕你正和其談生意，也抵不過此如天父神吟般的聊鈴，又有多少筆生意是因為顧客不忍打擾談興正濃的店員而悄聲走開。

一雙義大利女子演繹的典型義式夜半盛聊

曾在羅馬台伯河左岸的Trastevere區吃飯，順便領略了餐館對面一雙義大利女子演繹的典型義式盛聊。只見一個趴在二樓窗沿上，一個跨在底樓的機車上，我吃了一個小時飯，她們便以這種地對空的豪邁姿勢海吹了一個小時。而地上的那個女子其實是看店的店員，她的談友卻也不體恤地下樓來，任由嗓音奢侈而有排場地迴盪夜空。等我吃完飯順便進她的店堂，足有五分鐘多，卻不見她進來招呼，我只能再跑出店外，遞給她一個戰戰兢兢的眼神，她這才匆匆進店，胡亂翻找一氣，找出我的尺寸，又屁顛屁顛嘎山胡*去了。因爲已經多年未遇如此沒有上班心相的店員，我反而爲此老市井趣味莞爾起來，便欣喜地將之歸類爲值得分享的一項異國情趣。

義大利人如此熱烈的義聊，倒的確對其身心有好處。十八世紀末的劇作家Abbate Monti寫了一部涉及義大利人自殺的悲劇，他想聽取一下當時客居羅馬的歌德對劇本的評價。歌德誠懇地表達了一個外國人對義大利人的看法，「我認爲，自殺，對於義大利人來說實在太超出他們的理解範圍了。殺人的事情，我倒是幾乎每天在羅馬聽到，但是捨棄自己寶貴的生命，或者即使就這麼一個念頭，我卻是從未在此地聽說過。」由此可見，喜話長短的人比較愛惜自己的生命，而有天可聊更是一種可喜的維生因素。

---

*屁顛屁顛：中國大陸北方一帶的俗語，形容樂顛顛、喜孜孜的樣子，帶有輕微嘲諷，拿著雞毛當令箭的意思。嘎山胡：上海話，聊天的意思。

6. 西耶那・紹興雙城記

義大利托斯卡尼的小城西耶那和中國江南腹地的紹興，本是一中一西兩個毫不相關的城市，卻因我恰巧只相隔兩月的先後探訪，於是便有了機會串連起來看，這左手一城右手一市地對比一看，頓時心生了異樣。那種異樣便好像本是一娘十月懷胎留的一對雙生花，各自流離飄落到全然不同的新家境。經年後乍看之下，全無相同之處，可是定下神來，探一探，聞一聞，她們各自原本深藏不露的底氣便汩汩而泄出來，才知道原來竟是同根生的。

紹興老城，左堤右岸

西耶那古城，天黛地青

紹興男人的灰船鞋·西耶那女人的印花裙

紹興小城乾淨又整潔，具有典型浙東小市鎮那種閒散又緊張的氣氛。到紹興正是12月初，初冬的紹興天總是鉛灰色，平素在大城市裡極爲討厭的這種晦澀天光，用在鄉土江南卻是最合適的底色，襯著同樣灰撲撲不露富的街頭，很符合它樸素在外殷實在內的江南鄉紳風範。在紹興街頭瞄瞄行人，印象最深的是：中青年男子都穿著那種蒙上淺灰的皮質船鞋，如同公家單位發的勞防用品*，人腳一雙絕無它樣，都有一小枚金色或者銀色的方形釘扣黏在鞋面上，因爲經常走高走低，鞋面難免溝溝壑壑的。年長的男人默不作聲地走路，雙手交纏在身後，像一把剪刀。這是一個很中國內地的走路姿勢，單把腦袋騰空了出來，無畏地杵在前方，等待著被人斬似的，而關鍵的手卻好閒地縮在身體後面，很知天命的一個造型，走台步似的。

石板車轤，醃在一起

倉橋直街，無處告早

*勞防用品：全稱為「勞動防護用品」，多半是棉紗手套、工裝鞋之類，早期中國大陸國營工廠每年都會定期發給生產線上的工人，作為上班時的勞動保護之用。

華家台門，黑履藍褂

從紹興河邊的尋常巷陌穿行而過，當地專有的傳統台門*建築肅立兩邊，過去民謠中唱的「紹興城裡五萬人，十廟百庵八橋亭，台門足足三幹零」的台門林立之景已經不復存在，那些倖存下來的老房子自然彌足珍貴。從前獨門獨戶的台門和現在上海的石庫門一樣，早演變爲多戶群居，但台門一進直向伸展開去，有著放眼到底的視野，就很有北方

往事俱矣，老城猶在

*台門：本用來稱門第、派別、官衙，甚至帝王，今日官味已淡，成為紹興一帶府第、宅院的專有名詞。

大雜院的人氣。信步邁進倉橋直街上的華家台門，跨上高高的類似「台」的門檻，繞過照壁，每進門下兀自吊著老棉鞋、中山裝、透明絲襪，蕩啊蕩的，渾然不通世事的惘然。台門裡的紹興老婦純樸，見有外人闖入也不動氣，卻說進來看好了，這裡住了二十多戶，每日裡很多人來看的呢。我說謝謝，她很紹興人家地回應「厄謝格，厄謝格」*，讓我怎不想起自己家那已過八十高齡的紹興老外婆。媽媽便和那正在揀菠菜的紹興老婦聊家常，說起上海的肋條豬肉10元一斤了，大家便一起感慨著貴啊貴。

西耶那在歷史上和鄰城佛羅倫斯烽煙不斷，整個城市被厚厚的衛城牆環抱，因此它看上去也是陰蔽。西耶那沒有河，但有特色的是走在小城腹腔內的曲折腸巷，一抬頭，頂上說不定就是中世紀的跨街石拱，層巒疊障似的，一彎壓過一彎，人在下面走，不免變得神祕而謙卑，踩著因久磨而發出淡淡青光的彈階路，愈發斂息低眉地趕路，卻不知何時，驀地一抬

跨街石拱，層巒疊障

＊厄謝格：紹興方言，不用謝的意思。

頭，眼前豁然已經是歐洲最美麗的那一片廣場——Piazza de Campo。因爲先前的閉仄，安靜和素淡，此刻這片以紅磚鋪地，呈扇貝狀美妙弧形的公共場所便更凸顯出其開闊，喧嘩和鮮活，全城的人似乎都聚集在這裡開鄉民大會了。

中世紀的殺機四伏早已成爲江河往事，留下的只有一些嘴碎的老人和女人，和遊客夾纏在一起，互調著周身的內氣。與紹興街頭各自分頭趕路互不搭界的本地人不同，西耶那街頭的男男女女往往喜歡聚衆在街頭巷尾，切切嘈嘈地閒話，與義大利其他地方的同胞師出一門。這樣的小城因此根本不需要報紙，靠小販走卒家長裡短，任何消息便不徑而走，越傳越神。在西耶那街頭瞄瞄行人，印象最深的是：女人們不管老少，都穿著全棉的印花裙子，半身露膝的，全身裸肩的，上面有蓬鬆的散花，三三兩兩地倚在視窗門前，兩指間夾著一支菸，雙手不時地上下舞動，幫著把情緒托舉

街頭巷尾，聊天盛宴

到高於頭頂的地方，有的肩頭披著一件夾克，因爲她們知道這一開聊，也不知何時結束，可別讓穿堂風吹寒了肩。

紹興的風塵梅干菜．西耶那的回鍋蔬菜湯

紹興台門的天井地上，整齊地散著被日光曬得日漸乾癟青黃的雪裡蕻*，一到春冬兩季，紹興就好像變成了由梅干菜堆砌起來的城市，空氣中彌漫著我命名爲「醬菜香黴」的氣息。一路行去，題扇橋上，八字橋下，只要有一片平整的青石板面，就有一排排堆放得浩浩蕩蕩的梅干菜前身。還有那形容實在可怖的黴千張，吊在窗臺外的醃鹹魚乾、醬鴨子，那全然都是在頹廢中顯快樂的吃食。浙東人釀造食物的宗旨竟是把新鮮的變成不新鮮的，本來可能並非口味如此，只是勤儉過日子的作風使然，日而久之，倒成爲一方人的獨特口味了。

八字橋頭，梅干菜花

＊雪裡蕻：「雪裡紅」的原名。

西耶那和紹興一樣，都是節儉的老城，是老城便一定也有上好的醃貨，比如著名的義大利肉腸。十六世紀，隨著那些被黑死病滅得七零八落的人口開始逐漸恢復和增長，鮮肉供應量急劇減少，窮人們便開始熱衷於做肉腸裹腹。西耶那有種叫「Cinta Senese」的肉腸最爲有名，用揉進了蒜的黑皮野豬肉、檸檬皮、肉桂、香菜籽和其他香料燻製而成。由於豬的野生屬性，使得它的肥肉部分和精肉部分完美地揉合在一起，如果切成一

臭豆腐干，辣火醬蘸

題扇橋板，黃芽菜杆

小片，你看到的將是一塊有著大理石般紋路的紅白相間的完美截面。跟紹興一樣，西耶那也對蔬菜下漫長的「毒」手，西耶那出名的麵包湯「Ribollita」，意思也就是回鍋蔬菜。它用老麵包、黑葉甘藍、一種顏色有點紫綠的長葉白菜和豆子做原料，一大鍋湯要吃上好幾天，由於湯裡有麵包，所以一煮吸水後飽漲起來，其實更像中國人的煲了，也更耐吃，便成爲窮人家的主食。「Ribollita」的無盡美味就在於日復一日的重新加熱中得以提煉，成爲一鍋眞正的家常老煲靚湯。

肉腸店裡，大理石面

Sapori糕，內藏核桃

紹興的土地菩薩社戲·西耶那的聖母賽馬會

紹興和西耶那兩城平素裡都是蜇伏不動的，唯有在各自的盛節到來時，才會徹底換了氣象。紹興的社戲和西耶那賽馬會上傳來的大敲大叫大跳，如出一轍般，是平日裡忍氣吞聲慣了後的噴薄而發，也是曾經慣於征戰的祖上留下的血性回歸，兩種民間的儀式都由對自然的畏懼而產生的宗教崇拜開始，雖然現在那些偕神道名義，合民眾力量的村落社會風尚早已喪失了原本的意義，卻留給了這些小城後代藉以歡騰的場合。

中國舊時各社各村都有定期演戲的習俗，叫「年規戲」，而「社戲」就是紹興的年規戲。魯迅先生的《社戲》中，關於「臨河空地搭起戲台，兩岸間紅紅綠綠的動」的描述，每次讀來總令胸中活活欲舞而不能言。一個本沒有特別上進心的地方，突然之間，在這個場合便有了大敲大叫大跳的壯志，常令旁觀客不可思議。每次社戲是個家庭的盛會，慶祝從下午便告開始，點燭宰雞殺魚，奉上元寶肉，還有「土地菩薩」的黃紙貼在戲臺的幕布。由於農業社會沿襲下來的風尚，使百姓總對娛樂報有罪孽感，對於鶯歌燕舞之類的場合也要給個理由，於是至高無上的神靈便抬了出來，眾草民沾著神靈的榮光，難得有了一次毫無愧色的放縱。

日泊台門，夕秋愁眠

西耶那版本的社戲就是賽馬會，義大利語叫做「Palio」。和社戲的區別在於它更富有競爭性，涉及到城裡十七個區誰能拔得頭籌的面子問題，因此除了歡慶，更有緊張。中世紀戰亂時代留下的賽馬會，在每年7月2日與8月16日舉行兩場，分別爲了紀念聖母顯靈和聖母升天，慶祝方式是讓騎手駕著無鞍的賽馬繞著中心那座扇形廣場「Piazza del Campo」競跑，兩分鐘內決下勝負。據說賽馬會是有關鮮血和歇斯底里的一次盛會。十個騎手，一分半鐘，繞場三周，一年榮辱。這場賽馬盛會的歇斯底里在於：騎手除了不准拉扯對手的轡繩外，可以任意揚起那號稱是用小牛鞭做的馬鞭揮打鞭叱其他賽馬。所以你在賽馬會上經常可以看到如此情形：起跑令下，其他馬匹早已噴湧而出，卻有兩匹馬和它們的主人們尚還在起點處兀自糾纏不休。最後的勝者自然爲王，紅袖飄飄，旗正獵獵，騎著他的高頭大馬昂然進入西耶那最古老的Duomo大教堂接受主教的祝福。

繞場三周，一年榮辱

紹興衙門的精師爺·西耶那的職業銀行家

如果用紹興來組片語，我頭腦裡蹦出來的第一個是紹興梅干菜，接著脫口而出的便是紹興師爺，兩者其實就好比如出一轍：紹興師爺印象也是這樣青青黃黃，乾乾癟癟，久經歷練，梅干菜有多鹹，師爺的城府就有多深，腦汁就有多黏稠，一頓梅干菜扣肉可能留在食客的齒頰生香大半天，但紹興師爺卻足足從明代中晚期到清末明初，活躍了三百年。清代甚至有句俗諺說：「無紹不成衙。」紹興出師爺一方面和該地文風熾盛有關，而另一方面也和紹興人好精打細算，善於謀劃方略有關。清代有一首竹枝詞說的便是：「部辦班分未入流，紹興善爲一身謀。」

而精打細算這方面，西耶那眞可稱爲是其姐妹城。全世界最古老的銀行「Monte dei Pasch」就坐落在西耶那古城中的「Palazzo Salimbeni」廣場一角，廣場中央樹立著Sallustio Bandini的雕像，他在十八世紀發明了世界上最早的期票系統，爲現代支票運作建立雛形。十二世紀時，西耶那的鄰城佛羅倫斯依靠毛紡織業迅速發展起來，賺了大把大把的錢，轉手將之

閒閒老者，汩汩商氛

放貸出去，做錢生錢的好生意，銀行業就此起步，一度成爲整個歐洲的金融中心，而西耶那緊靠佛羅倫斯，便恰好占到了風氣之先，分到了一杯羹，於是這個安樂閒散，連快走幾步都不好意思的地方便成了現代銀行的起源。除了天時地利以外，自然也離不開人和的因素，和紹興出師爺一

樣，西耶那人的血液裡都是精於算計的商人氣質，就連玩「Palio」賽馬中，也是漂亮地做著勾連縱橫的策略手腳。直到現在，經過西耶那街頭那些閒談的老者，還能嗅到那一身銀行裡經典的氣味。

這種雙城記的旅行眞是令人興奮，對我而言，它多像是一種兒時的測驗題：

左面一組，右邊是相關的另一組，然後一支鉛筆一把尺地把左邊和右邊組組相連起來。因爲這個測驗，左邊那場張揚聒噪的義大利語和右邊那串華家台門的紹興老婦的紹興官話搭背起來；因爲這個測驗，左邊義大利餐桌上的一碟野豬做的「Cinta Senese」燻肉腸便和右邊紹興人家日常下飯的一瓶鹹魚乾勾肩起來；因爲這個測驗，左邊義大利賽馬會的隆隆開場鼓聲和右邊紹興社戲拉幕前的驚堂肅靜之鼓一唱一合起來。這便是旅行的眞正趣味，不辭萬里走到天涯原來只是爲了引證天涯——竟是咫尺之遙。

西城之子，期票之父

7. 軟橡皮的紅乳房，請摸

走走世界各地塗鴉的野花園，羅馬的塗鴉滿眼Bombing（塗鴉術語：只求數量，不求品質，用塗鴉來徹底覆蓋別人塗鴉作品的行爲）；倫敦有專門的塗鴉特警人員在所有的塗鴉熱地虎視眈眈；紐約的街畫總有街頭幫派的陰風仄仄，畫面傳達的資訊是憤怒、沮喪和別煩我；柏林有好街畫，東柏林的East Side Gallary就是一條蔓延一英哩，來自二十一個國家的一百一十八位藝術家在柏林牆殘骸上留下最綿延有致的集體塗鴉，可是，一英哩邁下來，耳膜裡但只迴盪「我控訴」三個字實在太沉重；在里斯本更能看到「官匪」進行殊死搏鬥後，屍橫遍地的殘跡：那一排排雖然刷得雪白，但是塗鴉傷痕仍然歷歷在目的「時刻準備著」的牆……。

Miss Van、FREAKLUB等塗鴉作者在LA BOQUERIA市場周圍的作品集成

HONDA

Freaklub
never

巴塞隆納很好，巴塞隆納城的一堵堵牆面、一條條電線杆，像是一個個大方的，不要追索你任何責任的前衛酷女，著急地等你在她身上隨便紋身，而最令人搓手直樂的便是，她的父母就在一旁，卻睜一隻眼閉一隻眼，最後索性一走了之。因此巴塞隆納自然就有了塗鴉界人士最神往的街畫舞臺，Graffiti Bomber（塗鴉轟炸）少了，偏街冷巷呈現出的是一批批來自五湖四海的Graffiti Writer（塗鴉作者）的作品，是他們讓巴塞隆納的牆花處處開。當地的塗鴉風格可以用杜象（Marcel Duchamp）一幅作品的名字——《軟橡皮的紅乳房，請摸》概括之：熱烈的邀請性，有誘惑的感官聯想，對禁忌的可接觸性，一犯再犯的可能性，此外，因爲沒有人能夠輕易聽到你，所以請務必用很大聲的顏色。

巴塞隆納的塗鴉作者和警方取得了某種外交上的默契，比如塗鴉人會在塗畫時，地上鋪好塑膠布，以防顏料滴落在人行道上，警方一旦撞上，往往就會對對方那種給面子的舉動相應地還以面子。不少塗鴉作者在塗鴉網站上表達這樣的情感：「謝謝巴塞隆納的員警，他們沒有給我找一丁點兒的麻煩……我天天狂塗亂畫，從來沒有人來招惹我，What a city！」當地文化部門也在城裡開出了不少所謂的「Hall of Fame」（塗鴉術語：合法或者半合法的塗鴉場所），讓他們篤篤定定地塗畫。巴塞隆納最聲名在外的「塗鴉名人祠」就在MACBA（巴塞隆納當代美術館）周圍的牆上，官方的宣傳語是「Exhibiting Graffiti... NOT in galleries ON them」（塗鴉展覽，不在畫廊裡，盡在畫廊上），於是大飯店門口擺粥攤，官方流行和市井流行齊同並進。這堵「塗鴉名人牆」可能是世界上更換最頻繁的畫廊，就連巴塞隆納很大牌的本土塗鴉組合Freaklub作品，在那裡也是十個小時後就迅速被來自紐約的塗鴉手覆蓋，所以那裡沒有權威，形同網上論壇，不斷被新內容刷新，唯有新內容才能重新置頂。正因爲氣定神閒的工作環境，巴塞隆納的牆上較少見那些純粹爲了被人知曉、向權威挑釁而進行的所謂Tagging大戰，也很少在公共建築物、名勝古蹟上發現到此一遊式的留鴉，就連那些POP、哥德、3-D、野獸派等基於字體的文字式塗鴉也不多見，他們讓城市等待發落的草根角落穿上了無廠標獨家造的型衣。嗯，就好像一個社會邊緣人，驀地舉起胳肢窩，你看到的不將再是濃密髒亂的體毛，你看到的卻是一隻修剪得像個米老鼠頭一樣的絨毛球。

巴塞隆納的塗鴉風刮得如此健康有趣，也和他們那方遺傳基因良好有關。巴塞隆納建築師學會的外牆立面上就有巴塞隆納文化三劍客之一的畢卡索（Pablo Picasso），那形似木炭寥寥幾筆勾畫出來的壁畫，那些體現加泰羅尼亞（Catalunya）傳統文化的抽象動物和人型其實便可看作塗鴉，畢老師的抽象構圖至今仍然影響著不少當地塗鴉作者的創作；三劍客之二的米羅（Joan Miro）則在Las Ramblas大街上留有一幅帶有米氏註冊商標色的深藍、亮紅、明黃、純黑的馬賽克鑲拼地畫，每天，成千上萬的路人從他的藍月亮、像女人一樣的鳥、像鳥一樣的女人的圖案上踩過，而巴塞隆納塗鴉者最喜歡的也正是這些顏色；塗鴉作者們為了將自己的簽名搞得更酷從而吸人眼球，可以就一個Ａ字母想出三百四十種變化的舉動，又怎

巴塞隆納建築師學會的外牆立面上有畢卡索體現加泰羅尼亞傳統文化的塗鴉，整幢建築也是由畢卡索設計的

不讓人聯想起第三位劍客建築大師高第（Antonio Gaudi）將一座座普通煙囪幻化出堂皇的武士，天外的來客，傳奇的怪獸，無名的花蕾……。

按照塗鴉行裡的說法，塗鴉作者一旦走出無盈利作畫陣營，開始爲商業機構創作，這個行爲叫做Sell Out，也就是出賣，巴塞隆納的塗鴉環境使得作者們擁有最高的出賣率。事實攤在那裡：倫敦等塗鴉熱地裡的塗鴉作者頻頻在警察局備案，在巴塞隆納留下字型大小的作者卻經常在各大消費品大牌設計部門的紅名單裡留下名號，比如法國的Miss Van被Fornarina相中了，洛杉磯旗艦店的牆面上撅起了一朵朵肥兔妹粉嘟嘟的嘴；智利的Mambo被Prada接走，打造街頭機器T恤去了；Freaklub也貢獻出他們那有

高第在巴特奧公寓內營造的離奇幻變海底世界

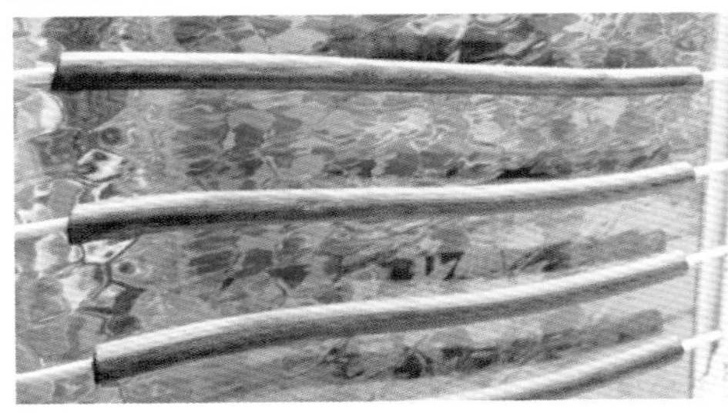

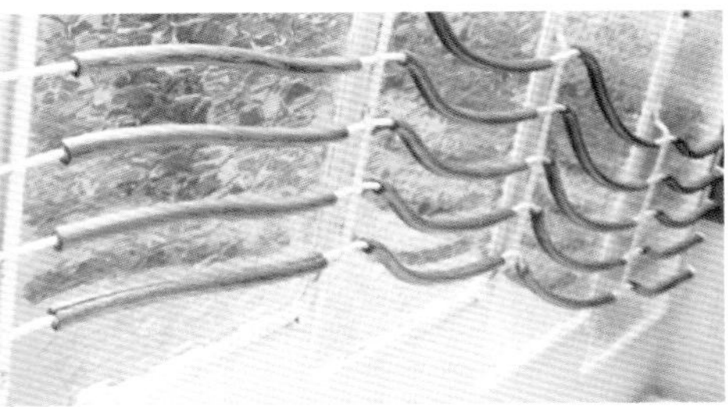

米羅在Las Ramblas大街上的馬賽克地畫

一頭如綿羊一般橙色頭髮和一條筆直嘴巴的橙色小魔女，讓她趴在Adidas的跑鞋幫上。他們都是在巴塞隆納街頭混出了名頭。如果你是塗鴉作者，黑道白道請自便。不過對於欣賞者來說，我的意思是與其到Fornarina、Prada、Adidas把Miss Van、Mambo和Freaklub貼在胸口、裹在腳上，還不如索性到巴塞隆納的MACBA、Poble Nou舊工業區，或La Boqueria露天市場串街走巷撞撞他們被招安之前的隨性玩耍鴉作吧。

巴塞隆納塗鴉搜寶點

◎巴塞隆納牆畫聚集地：

MACBA附近的圍牆，在這裡將能集中看到不少非巴塞隆納本土的塗鴉作者作品，以更新迅速著稱。

MACBA附近另一條叫做Valldonzella的街和Plaza Lesseps附近會有更多相對低調的本土作品。

靠海的Poble Nou區曾經是巴塞隆納的工業區，不少廢棄的廠房和倉庫成為塗鴉的溫床，不少藝術家也在那裡建立工作室，Garatge街會發現不少塗鴉作品。

巴塞隆納最熱鬧的大街Las Ramblas的中段，有一座當地赫赫有名的露天食品市場La Boqueria，在逛市場的時候，不要忘記掃蕩市場周圍圍牆以及市場後部圍牆上的塗鴉作品。文中所附圖片都是在那裡獵取的。

◎關於巴塞隆納塗鴉藝術的專門網站：

http://www.bcngraffiti.com

◎蒙大拿噴罐廠的旗艦店以及塗鴉畫廊：

Montana Shop & Gallery, Calle Comer 6, 08003 Barcelona

◎蒙大拿噴罐廠的網站：

https://www.wildartmedia.com

塗鴉字典

BAD：特別出色的作品。

BATTLE：塗鴉作者之間用作品（PIECES）或者簽名（TAG）的形式互相競爭。

BITE：模仿另一名塗鴉作者的行為。

BLACK BOOK：塗鴉作者在戶外操作前描摹草圖的速寫本。

BOMB，CANE，DESTROY，KILL：用塗鴉來徹底覆蓋別人塗鴉作品的行為。

BUFF：用化學稀釋劑清洗在火車、地鐵車廂上留下的塗鴉。

BURNER：一幅表現完美的塗鴉作品。

CATCH TAGS：到處標上自己的名字。

CREW：一群合夥行動的塗鴉作者。

CROSS OUT，DOG OUT，LINE OUT：在其他塗鴉作者名字或者簽名上塗線的行為。

DISS，CUSS：不尊敬或者羞辱其他塗鴉作者。

DROP：進行塗鴉創作時所用的動詞。

DRY，LAME，WAK：水準差的塗鴉作品。

DUB：在泡泡狀的作者名字裡填滿金或銀的塗鴉。

GIVE PROPS：對作者作品予以承認。

GRASS：向員警提供塗鴉行動線報的告密者。

HALL OF FAME：合法或者半合法的塗鴉場所。

HOT：一個被員警密切注視的適合進行塗鴉場所。

KING：最成功或者多產的塗鴉作者。

MISSION：一次非法的塗鴉行動。

NEW JACK：塗鴉新手。

PIECE：塗鴉作品，通常是用兩種以上顏色完成的文字或者圖案。

RADS：員警。

SCAR：在被化學稀釋劑清洗後仍然能看出來的塗鴉殘骸。

SELL OUT：一個塗鴉作者和非法的塗鴉行為斷絕關係，並開始為金錢進行商業創作的行為。

TAG：塗鴉作者的名字或者簽名符號。

THREE-STROKE：將作者名字的首字母用白色或者黑色顏料塗滿。

THROWUP：在泡泡狀的作者名字裡填滿黑或者白色的顏料。

TOP TO BOTTOM：全車廂塗鴉。

TOY：毫無經驗或審美意識的塗鴉作者。

TRAIN JAM：塗鴉成員有組織地對地鐵系統進行塗鴉破壞的行動。

WILDSTYLE：一種常見的稜角分明，字母和字母之間相扣的複雜塗鴉字體。

WRITER：進行塗鴉的人，屬於次文化的成員。

8. 十秒鐘，馬德里失去知覺

從瑞內索菲亞美術館（Le musée Reine Sofia）轉出來，下午五點光景，地中海的日頭落得晚，放眼仰望，天空撲亮，眞正是這個城市最清白的一刻，午酣方去，喧囂即起，馬德里頃刻間又將活起來了。明天一早將啓程離開，此刻對於那個城市最是纏綿。我小心地調試光圈，索菲亞美術館正面兩條現代派的玻璃升降梯清晰地支撐起前景，背景是略爲模糊的十九世紀阿多查（Atocha）中央車站那拱形的絳紅色鑄鐵立面，景深合適，屏住呼吸，卡嚓一記，風和日麗。

這就走在回旅社的路上了，曝在38度烈日下，像是被一記一記地抽大頭耳光，有點昏昏沉沉，頸脖上掛著裝了長焦轉接鏡的單眼數位相機，便

這些都是西班牙街頭的事故多發地段：最繁華的大街上的分支小巷突然冷清下來，於是，時刻準備被偷襲

Restaurant
Fonda de España

更有點頭重腳輕地走在馬德里最繁華馬路之一的馬約爾大街(Calle Mayor)上。這條從太陽門廣場出發的馬約爾大街越向西來便人稀少起來，好像淮海中路漸漸到了淮海西路的樣子。再走十步就是市政府廣場（Plaza de la Villa）了，隨意將頭向左一轉，倦意全消，一條無人的鵝卵石小巷盡頭，約莫二十公尺開外，但見一座老黃牆面的樓房，嵌著幾扇斑駁的木百頁窗，一盞盞如枝葉纏繞新藝術風的鑄鐵路燈便在窗外笑。我發足向那條小徑分叉的巷子深處摸去，好像循著賽倫*的歌聲，走到盡頭，稍事拍攝便折返回馬約爾大街。走了十公尺左右，兩個十幾歲的吉普賽少年迎面行來，我們都在一路迅速打量對方，他們一個深藍一個淺藍地穿著豎條足球衫褲，兄弟倆一般沉默地走著，和暑氣賭著氣似的。

吉普賽人和我，此刻已相距一公尺，陌生人之間感覺最安全的距離。卻在交錯的瞬間，腦後突覺一陣碎帛狂飆，黑幔忽收般，我的脖子已被兩

---

*賽倫：Siren，希臘神話中半人半鳥的妖女，常用美妙的歌聲引誘航海者觸礁沉沒、變成石頭。

根黑條條的手臂緊緊從後箍住，難以動彈。我的第一反應竟是：哦，這就是傳說中的搶劫啊！那兩搶匪已把我團團兜住，他們依舊沉默著，我的喉嚨受遏著，呼救聲堆在喉嚨口進退兩難地著急著，最後只能發出一朵朵令人喪氣的「啊、啊」聲草草交差。這可將如何收場呢？對方勢在必得，我又表態似地手忙腳亂著，雙方便都有點不知所措地僵持著。這種事情的奇妙就在於每0.01秒就有可能出現和先前絕然不同的轉機，就看誰能突出奇招。小巷裡繼續只有虎虎的風聲，我頗有點不耐煩了，怎麼誰都還沒有致勝一擊，卻像拳擊賽中難看的抱作一團？好在對方終於有了新動作，他們變換姿勢了，他們決定把我拖到路邊，那裡恰有個半人高、一人寬的牆洞，此舉等於是徹底蒙上了馬約爾大街上路人的眼睛。他們贏定了，我癱在地上無心戀戰，當時如果還有機會講話，我會告訴他們東西都拿去好了，甚至還可以示範怎樣用相機，順便一起觀賞一下案發現場在照片裡看上去是什麼樣的，可是沒有機會了，因爲我這便失去了知覺。

馬約爾大街的光線最終像蒼蠅拍般地將我拍醒，如同上課偷睡，夢到老師正杵在眼前，大駭驚醒，老師便在眼前般的驚心。脖子上光光的，背上很輕，照相機，背上的照相包，包裡另一枚廣角鏡，七張拍滿的記憶卡和另一枚小相機都沒有了。失去知覺的人會記得自己當時睡得很縱深很鬆軟，惟夢裡兀自與八爪獸苦苦作鬥，終抵擋不住，便就勢躺倒裝死。馬約爾大街上有五六個路人在向裡張望，我踉蹌著撲到人堆裡，情緒在十步間從大惶到大駭到大悲到大悔間大幅跳躍。有個本地女子正在報警，我說好像打了一個漫長的盹啊，她猶在夢中地說：「不，不，一切只有十五秒鐘……。」

有路人立刻報了警，員警在我又可以被再搶五十遍後從容出現了，在一本古意盎然的小本子上隨意記錄了一下，耐心地指引我要正式報案的話，需要再打902 102 112 這個英文報警電話，或者到國外遊客服務中心派出所。我便當下疾走那個派出所，它坐落在西班牙廣場附近的Leganitos街19號。入口的小桌上散放著印刷粗糙，但卻很賣力的用六種語言解釋的西班牙旅行安全須知以及「祝你旅途愉快」的小冊子，中文亦在其中。可是一張口，在門口乘涼的員警旋即用英文回答他們不講英文，要報警，請打報警電話，而且還表示不能用所內電話，要用角落裡的投幣電話。喂了1歐元後換來的回答是，「我們現在正忙，請十分鐘後再試。」慶幸我還未被洗劫一空，不然真得到遊人如織的馬約爾廣場來一段載歌載舞的「好一朵美麗的茉莉花」才能攢齊報警的電話費啊。

當時遂決定還是回酒店玩報警比較有趣。每次打過去仍然是對方口氣抱歉、聲調愉快地應答：「對不起，我們正忙，請十分鐘後再試。」十分鐘後，「實在對不起，我們今天超忙，請三十分鐘後再來。」足足兩個小時還是沒有報上案，整個馬德里的英語報警電話如此爆滿，想來第二天是週日，正是當地傳說中最壯觀的「El Rastro」跳蚤市場例行開放的日子，各路攤主正在最後關頭忙著進貨吧。可惜我隔天一早的飛機，不然與其在這裡玩報警遊戲，還不如去跳蚤市場兜一圈，說不定能把我的照相器材像撿到便宜貨一樣地再買回來。

晚上八點半，祥雲終於高罩，中獎了，報警電話竟被受理了！我興奮地語無倫次，對方從我父母的姓名盤問起，總算花了二十來分鐘把前後經過陳述完畢，最後還得回到先前的派出所去提取案情報告。這番報警為西班牙電信貢獻了7歐元，如果賣藝乞討，預計得連演好幾場呢。不過我還得謝謝報警受理人，謝謝地中海夏日的長日照，讓我報完案後尚有時間一提真氣地發足狂奔到西郊Principe Pio小山崗上的埃及神廟，那裡能一睹馬德里最堂皇的日落，哦，也要鳴謝兩位小搶匪，不然背著照相器材，我絕不可能如此輕裝上陣奔得賊快。

當我的頭腦中尚灌滿了小山崗橡樹林尖上的晚霞萬丈，我的身體又移動在去派出所取案情報告的路上。熟門熟路地找到，從號碼機取號後在等候室等待叫號入內。當時牆上的號碼顯示器上是15號，可是我手中的號碼卻是120號！比我們到五分鐘的女孩友善地揮揮她手中的62號，意思是這基本上是一團亂麻的地方。一屋倒楣蛋神情委頓地癱坐在那個深夜十點、沒有窗子、很有異國警趣的房間裡，恰如失風的慣偷。

等候員警「提審」時，馬德里起家的西班牙名導阿莫多瓦（Pedro

高談文化讀者回函卡

◎ 為了跟讀者有更頻繁的互動，希望您費心填妥此張回函，寄回給我們（免貼郵票），就能成為高談文化的VIP READER。未來除了可以享受到購書優惠以外，還能早一步獲得高談的新書資訊。

姓名：________ □男 □女 生日：___年___月___日

E-mail：________ 職業：________

電話：________ 手機：________

◆ 購買書名：________

◆ 您從何處知道這本書________

□書店________ □網路或電子報 ________

□廣告DM________ □媒體新聞介紹 ________

□其他________

◆ 您通常以何種方式購書(可複選)：

□逛書店 □網路 □郵購 □信用卡傳真 □其他________

◆ 您對本書的評價：(請填代號1.滿意 2.尚可 3.待改進)

□ 定價 □內容 □版面編排 □印刷 □整體評價

◆ 您的閱讀習慣：

□音樂 □建築 □設計 □戲劇 □歷史 □傳記 □小說 □散文 □旅遊

◆ 你是否曾經郵寄過我們的讀者回函 □是 □否

1.姓名：________ E-mail：________

地址：________ 電話：________

2.姓名：________ E-mail：________

地址：________ 電話：________

◆ 您對本公司的建議：________

____

____

____

Almodovar）那部《壞教慾》（*Bad Education*）潛入腦海。電影中兩個神父在殺人現場如此對話：

——「沒有證人。」

——「可是上帝看到了。」

——「但是他是在我們這邊的。」

阿門！

9. 行走里斯本的腹部，詩人帶路

即便整個世界被我握在手中，我也會把它統統換成一張返回道拉多雷斯大街的電車票。

——摘自佩索亞之《惶然錄》(*The Book of Disquiet*)

法國詩人波特萊爾（Baudelair）曾經這樣喃喃自語，「去里斯本居住怎麼樣？那兒天氣一定很暖和，你會像一隻蜥蜴，在向陽光伸展腰肢中重獲活力。這是一個水之城，光之城和大理石之城，有益於沉靜和長考之城。」

去里斯本，去里斯本。那裡亦有詩人，佩索亞和他的異名者們*，且由著他們引領，閒閒走一下里斯本三個風情各異的區域：Baixa、Barrio Alto和Alfama，做一隻在南歐陽光下，自由伸展腰肢的蜥蜴。

葡萄牙最著名的未來派畫家Almada Negreiros所作的佩索亞像

*費南多・佩索亞（Fernado Pessoa，1888~1935），生於卒於里斯本，葡萄牙語詩歌史上最偉大的現代詩人。在他的詩歌裡，他一共創造了72個「面具」，詩人稱其為「異名者」和「半異名者」，他們外貌、個性、思想和政治、宗教立場各異。文中提到的甘柏斯和卡艾羅是其中最有名的詩人「異名者」。

內省沉默的隱士詩人佩索亞和公務階層的Baixa區

里斯本。1935年11月26日。

一套深色的西裝，一枚端莊的領帶，一隻黑皮的公事包，一頂薄呢的軟帽，一副細邊的眼鏡，一撮三角的小鬍子，一個沉默的文員，一個桂冠的詩人。土生土長的里斯本人費南多・佩索亞在回到他位於Rua Coelho da Rocha 16-18號的公寓前，總是先到街角的Trindade's Bar喝一杯。他踱到吧台前，對酒保說：「2，6和8」，於是一盒火柴，一包香菸，一杯白蘭地便遞到了他跟前，一盒火柴20分，一包香菸60分，一杯白蘭地80分。詩人用火柴點燃了香菸，一飲而盡那小杯的白蘭地，從公事包裡拿出一只黑瓶子，酒保迅速地灌滿了，詩人小心地將那瓶生命之釀藏到包裡，搖晃著離開了。一個熟悉的陌生人，扛著一具埋藏於板結乾燥的臉面後，濕潤多汁的頭腦離開了，回去那租來的房間。佩索亞生命中作為文員的一天結束了，佩索亞生命中作為詩人的一天又開始了。

Baixa區，佩索亞日夜縱烈酒、啜咖啡、行公務、作詩篇的地方

七十年後的今天，還是Baixa區，里斯本這塊最悠久的商務金融區，佩索亞日夜縱烈酒、啜咖啡、行公務、作詩篇的地方，大街上仍然布滿著神色相似肅穆的臉，和從黑白馬賽克鑲拼成的人行道上飛快掠過的幢幢腿影。沿街辦公室桌面上那一疊疊堆放整齊的單據和檔案可能已經不見，取而代之的應該是一台台電腦裡情緒化的數據和資料化的情緒，但是Baixa裡小職員的神情沒有變，便也意味著里斯本小職員的神情沒有變，甚至也意味著整個葡萄牙小職員的神情沒有變。

Rua Garrett大街120號，「A Brasileira咖啡館」。自從它於1905年開張以來，咖啡館的細瓷咖啡杯，咖啡杯上的字體都沒有換過，緊挨著咖啡館的，還是那家叫做「Havaneza」的雪茄店，亦是經久不變。咖啡館門前的露天散席擴張到了雪茄店門口，門前的鐵椅上，取而代之佩索亞那具拘謹肉身的，是一座佩索亞的全身銅像，一如當年般擱著腳，有種「咦？別這樣，別這樣」的神情，他對面的那張椅子裡不見了當年他筆下的異名者和

黑白馬賽克鑲拼成的人行道上飛快掠過的幢幢腿影

文學同志們，取而代之的是與之合影的外來遊客，擺POSE之，亂摸之，總也有一半以上的人並不知道這個玩偶般的銅人是誰吧？且把玩著吧。在里斯本，人們尊稱佩索亞的時候，不叫其他，就叫詩人。便足夠了。

Café Brasileira門口的佩索亞雕像

里斯本街頭典型的小酒吧

頹美哀愁的感覺論者甘柏斯和Fado飄飄的Barrio Alto區

里斯本和羅馬一樣，城裡有七座山。因此就有了下城和上城之間的爬坡勞頓，Baixa是下城，那Barrio Alto，便在上城。跟著個子高高，又對東方感興趣的佩索亞異名者之一的甘柏斯，去上城Barrio Alto吧！

那個甘柏斯老大是抽鴉片的，自然爬不動坡，還好從Baixa區到Barrio Alto區有叫做 「Elevador da Gloria」的明黃色有軌街車，單程跑一趟也就兩三百公尺吧。明黃街車一路隆隆向上，沿途所見便漸漸地從下城的布爾喬亞氣息過渡到上城的波希米亞風。街車在下城的起點站貼著一些形態莊嚴的藝術事件海報，經過一家叫Mega Sex Shop的情趣商店，經過一堵拆得只剩一扇牆面的廢園老宅，經過一窩在空牆洞裡築巢的黑白貓群，經過一句寫著「歡迎恐怖分子」的塗鴉標語，便到達了彼岸Barrio Alto，全程不過兩三分鐘而已。上城的終點站牆上也有一堆海報，其中畫著大衛雕塑的那張最引人注目，用一片樹葉將私部遮牢了，好像才從伊甸園下凡，但是作者又辛勤地用碳筆把私部用卡通的手法描了出來，畫得很不立體，讓人不由得不為大衛辛苦。

從Baixa區到Barrio Alto區的陡坡

到Barrio Alto當然便要聽Fado，這裡是里斯本的Fado區。如同佛朗明哥之於西班牙，念做「法朵」的Fado是一種音樂，它只屬於葡萄牙。Fado音樂形式的由來有好幾種說法，比較集中的說法是十九世紀時由非洲黑奴帶到葡萄牙的某種舞蹈形式，然後由里斯本白人將其改編爲城市民謠樣式在街頭巷尾傳唱，因爲民謠歌手本身便屬於落落寡歡的邊緣人群，所以Fado的主題便不免全是宿命離棄和死亡絕望。佛朗明哥是我悲我傷我喜我歡且揮灑出來，而字面意思是命運的Fado卻恰恰相反，包餃子似的，有多少悲歡悵惘，且塞進去斂起來。在Travessa da Queimada街的10號找到Cafe Luso，這座舊時宮殿的拱頂馬房和酒窖，是現在里斯本最悠久的Fado餐廳之一。點一客里斯本特色的鱈魚排，夾在起酥裡的，一口咬下去，滿嘴屑屑粒粒又肥腴生香，然而，此處並非饕餮之地，此處，是用來聽Fado的。

Fado通常由一梨形的十二弦葡萄牙吉他主音伴奏，另有一把中音的西班牙吉他和音，演奏者的表情如磐石不動，而歌者的表情往往自戀自伶，女歌手尙能在高昂頭顱的時候，透過密密匝匝的眼睫毛不時地瞟一眼聽衆，男歌手就比較誇張，通常雙手插袋，兩目半闔，是某種被蚊子咬到腳底板，卻撓不得，而一撓竟更戳心境的表情。中國傳統戲聽完，不論是悲劇還是喜劇，腦中鑼鼓聲、鏘鈸聲猶然嗡嗡在耳，胸中更是活活欲舞般地亢奮不可比；可是Fado因其悲，其哀，其淫澀，其沒完沒了，雖不致斷腸，卻只覺心口肚中窩著無數綿綿腐氣。甘柏斯寫過短詩道：「生命像一支淡而無味的香菸／除了把它抽完我一事無成」，這句話便好比說給Fado歌手聽，生命像一曲有音無樂的Fado／除了把它唱完我一事無成。那葡語念成「紹達德」（saudade）的憂鬱悲愴，經由Fado，嵌在了包括甘柏斯在內的里斯本人的胸腔。

「Fado」終究是喜是悲？說「Fado」是悲的吧，跑堂夥計們常常不約而同便會齊齊哼唱起來，那種心不在焉的傷春悲秋，才是眞悲；可是一俟店堂裡正播放著足球賽的電視裡進了球，大家立時便能從悲聲中活活掙脫出來，獵獵叫好起來，頓時和全世界其他悲喜平衡的男人沒有什麼區別

Elevador da Gloria的明黃色有軌街車交肩而過

了，「Fado」看來又是隨喜的了。歸根結底，我想「Fado」畢竟是悲的，悲在它已經煉就的那手在悲喜流轉間的自由穿梭，無需起承。

天真單純的牧羊少年卡艾羅和有28路有軌電車的Alfama區

金髮藍眼，僕僕風塵的少年卡艾羅自稱為牧羊人，他是最合適帶人去Alfama區的嚮導，他的天眞單純以及久居鄉村的自然氣息，便也是Alfama的氣息。Alfama是里斯本最古老的街區，它的彈石階的街道很窄很彎很不平很不明亮，Alfama卻是1755年里斯本大地震後，唯一劫後餘生的地方。

請你，請你務必讓卡艾羅帶你坐28路老式有軌街車去Alfama。28路車，是那種木頭做的老式有軌電車，當它轉過Alfama最窄的街道時，人行道上的行人只能貼著牆側立著，靜靜等車通過再行，如果此時在車上看哪

個路人不順眼，擦起手掌刮個巴掌也是綽綽有餘的，當然路人隨時也可以跳將上來，再還給你一個老拳。開放型車廂的好處正在於此。

請你，還請你務必站在街車尾巴那塊的平臺，一路跟電車一起，涼風吹面地招搖過市，沿街最是深入骨髓的市情民風，端起相機採起景來更是眼寬手闊任意拈來。便發現，里斯本的上空因爲這種電車遍布的緣故，整個城市的低空布滿電線，這景象使它好像被罩在了一雙巨大的黑色魚網眼絲襪裡，而每個置身其中的人，便成爲小腿上因久剃而堅硬的一根黑色的毛，那徐徐推進的街車豈不就像嗡嗡響的電動剃鬚刀，遂和卡艾羅一起啞然失笑。還不難發現，那些沿街建築如果是久遠時代過來的，那一定是用瓷磚貼的外牆面，藍、黃、綠、褐色的瓷磚粉飾的外牆，就像把夾克的彩色夾裡反穿在外面一樣，里斯本便又成爲一個反穿夾克的人，而那些剩下的，沒有貼瓷磚的牆面總有一灘一灘的跡漬，彷彿風捲殘雲的大餐後，在夾克上留下的再也難以洗淨的菜湯、醬漬和油跡。

一雙巨大的黑色魚網眼絲襪

於是在Alfama坐28路車的感覺，在卡艾羅看來更像是牧羊，而在我這樣的城裡人看來，就好像去週末的菜場和花市。28路老電車帶著人們出世入

遊Alfama請坐28路

CARREIRA Nº 28
574

里斯本，一個反穿夾克的人

里斯本的屋頂是讓我的一個朋友決定定居當地的原因

里斯本也是一個塗鴉的天堂

世，從佩索亞的白領Baixa到卡艾羅的藍領Alfama，又回到佩索亞的白領Baixa，周而復始。佩索亞在一圈圈兜轉的時候，曾這樣說過：「我坐在（28路）老電車上，慢慢地觀察身邊的那些人的細節，一如習慣……老電車的椅子好像漸漸地帶我去了那些遙遠的地方，對我而言，就好像那些人，那些現實，每樣東西都成倍地增長了。當我下車的時候，我往往筋疲力竭，好像夢遊一般，又好像過完了一輩子。」

四天後，1935年11月30日，佩索亞卒於肝硬化。異名者們，包括甘柏斯和卡艾羅都及時趕回到了主人在里斯本公寓的床邊。當時當刻怎樣的痛和歡，亦只有那夜的里斯本知道。

里斯本，就這樣，盡歡而散。

10. 從蒙馬特高地向艾蜜莉出發

如果到了巴黎的話，到蒙馬特高地拐一下吧。可能會在蒙馬特區的某一條青石臺階鋪就的窄巷，地鐵Abbesses車站，克里諾先生的雜貨店，雙磨坊Cafe，聖心大教堂左近，和已經年過三十，雙眉微蹙的艾蜜莉擦肩而過。她早已不在「雙磨坊」上班了，那個餐館也已換了東家，她應該有了一份通常意義的辦公室工作，成了那個收集自動快照亭大頭照的青年的老婆，她應該還成了也喜歡將紅櫻桃掛在耳垂上當耳環的小艾蜜莉的媽媽。當年一部叫做《艾蜜莉的異想世界》的電影一夜之間讓蒙馬特女孩艾蜜莉成了名，那個留著一頭參差不齊童花頭，穿著一身紅紅綠綠剪裁保守的衣裙，又有些神神叨叨的女服務生艾蜜莉・普蘭（Amélie Poulain）的生活從此不同。

艾蜜莉的標準通緝照（《艾蜜莉的異想世界》電影海報）

蒙馬特典型的鋪滿青石塊的窄巷，聖心大教堂的洋蔥頭圓頂總是在背景中或隱或現

艾蜜莉的車站和自動快照亭

從巴黎地鐵Abbesses車站鑽出來，便一頭紮進了蒙馬特。Abbesses車站不堪破敗，長長月臺牆上曾經閃耀著牙齒般白釉光澤的瓷磚早已蒙塵深厚，而《艾蜜莉的異想世界》電影裡，那個盲老翁身後曾經濃彩重墨的壁畫如今只剩金黃色的畫框，框裡徒留一些潦草的塗鴉。那個曾經彌漫著青青黃黃色調，有著戰時醫院色彩的車站在卸下光鮮的戲妝後，已經過回了2005年的家居生活。

當年正是在月臺邊的一個自動快照亭旁，艾蜜莉第一次和那個曾經住在離她七公里遠的年輕男子尼諾見面，那個眼神總是躲閃的尼諾當時正趴在地上，努力地要把快照亭底下那幾張別人遺棄的大頭照搞到手。艾蜜莉和他對上眼後，落荒而走。而現在月臺上已經沒有了快照亭，巴黎地鐵的快照亭一般都設在地鐵入口處，當年那個布簾一遮的藍亭子讓艾蜜莉發現

新藝術風的地鐵Abbesses車站標誌（圖／Didier Faucher）

這個世界沒有傳奇，所謂照片裡的陌生人，並不是鬼魂，也不是一個怕老的人，只不過是一個照相機的維修工而已。而現在看來，冷清的快照機亭子更像是給沒有宗教信仰的人使用的懺悔室，也讓那些老是在問自己「我是誰，我可存在？」的人有機會在上下班路上按下快門，迅速證實一下自己的存在和形狀。

從Abbesses車站升入地面，巴黎的華麗便列隊行進過來：看那個由海克托・基瑪（Hector Guimard）設計的新藝術風格的地鐵站出入口，淡綠鑄鐵頂棚下是黃底綠字地鐵標識：Metropolitain，入口周圍是一圈柔曼植物造型的新藝術風鐵欄杆，好像在娓娓敘述一場花草競長的傳說。這是巴黎碩果僅存的一些1900年最早期的地鐵站之一，那是巴黎上個世紀初喧囂於城市上空的時尚，它出現在蒙馬特的心臟地帶不足驚奇，也正是在那個相仿的年代，以畢卡索爲首的立體畫派，馬諦斯（Henri Matisse）爲首的野獸畫派，查拉（Tristan Tzara）爲首的達達主義文學社，安德烈・布賀東（Andre Breton）爲首的超現實主義文學藝術體系在蒙馬特或悄悄醞釀或漸入佳境。

艾蜜莉的雜貨店裡有蒙馬特的村之聲

走出Abbesses車站鐵枝銅蔓橫生的出入口，請徑直向西行走，你將會看到一棟好像要引你入庭院的建築，那是「Abbesses通道」（Passage des Abbesses），穿過它，很快就能看到那座橫臥在Trois Frres街和Androuet街兩條馬路匯合處的雜貨店，我喜歡那種坐落在兩街交匯處的鋪位，它既像沉睡睡獅，又像機警警衛。當年電影裡那個絳底金字的，以店主的姓克里諾命名的店鋪招牌：「Maison Colignon」至今還懸掛在雜貨店的門楣，那個黑臉孔挨拳頭的店主克里諾可能被艾蜜莉整得至今仍然在那堆花椰菜裡昏睡吧。雜貨店現在屬於一個叫Ali Mdoughy的摩洛哥人，他擁有這家眞名叫做「Au Marche de la Butte」的鋪子已有三十多年。

雜貨店如今看來和電影裡的雜貨店區別不大，也是綠色的門面，大紅的遮陽棚，紅綠元素的搭配很艾蜜莉。店門口木筐筐裡菜綠果紅，甚至還有艾蜜莉曾經把手深深插進的米堆，是那種安寧村莊的拐角總能碰上的物

艾蜜莉的雜貨店Colignon - Au Marche de la Butte外景，左側汽車開門處便是艾蜜莉公寓的入口處

流歡暢的小店。一進店堂，撲面而來的便是以那張艾蜜莉人魚般詭媚表情作封面的DVD，Ali興致一高，還起了人來瘋，做了一張音樂CD叫做《Ali: L'epicier de Montmartre》在店裡出售，收錄的都是蒙馬特的村之聲。雜貨店左邊那堵玻璃櫥窗上全貼著該店因爲艾蜜莉而上媒體的報導，從報紙的照片上能看到Ali是個留小鬍子的阿拉伯人，香瓜子一樣的長黑臉，正樂得合不攏嘴地說「MERCI! AMÉLIE!」（謝謝艾蜜莉）。克里諾那張白南瓜子臉如果看到這副景況，一定立刻變成醬油瓜子臉。

雜貨店的樓上就是公寓，艾蜜莉便曾經住在那裡。如果正對雜貨店，艾蜜莉公寓的門開在左側那條街上。雜貨店過去一個門面，就是艾蜜莉當年每日進出的地方。在樓上的某個房間，艾蜜莉有時候一個人煮一大盤義大利麵，灑上用老歌《如果沒有你》做成的一層乳酪粉末。法國詩人波特萊爾說，「能在太陽底下看見的東西總不如在玻璃後面發生的事情有

艾蜜莉的雜貨店裡一面貼滿有關艾蜜莉和雜貨店報導的櫥窗

趣」，果不其然，艾蜜莉就在窗後，監視著那個骨頭脆得像玻璃一樣的鄰居老頭，捉弄著那個吝嗇的雜貨店主，猜想著那個在牆洞裡無意發現的鐵皮盒舊主人的模樣，也為那個收集大頭照的男生有時發情。咦？那不是艾蜜莉嗎？只見她輕輕帶上了公寓的門，她早已不住在這裡了，她也許到這裡探望老鄰居，那個腦筋有點慢的雜貨店夥計，那個永遠在畫遊船上午餐的玻璃男人，那個四處揚言「如果對生活不抱希望，生活便會美麗」的女房東太太。噓~~~~~~~~~，讓我們悄悄跟著她。

雜貨店內景

艾蜜莉回到Abbesses車站，然後沿Ravignan街向北行去，一路能經過一簇簇從十九世紀末就躺在蒙馬特天空下的藝術家工作室；能經過擺滿畫像攤頭的小丘廣場，畢卡索以後的小丘廣場已經不再是窮藝術家苦等伯樂的地方，它更像是個所謂的藝術遊樂場，忙著拉客繪肖像和推銷一些巴黎老生常談風景畫的藝術小販，讓艾蜜莉不由得加快了步伐，直行到聖文森大街街口，她下意識停住了腳步，遙遙向那卵石坡路的盡頭望去，如果你記得那部電影的第一鏡，你便不會對她的遲疑感到奇怪：一輛七〇年代尾翼尖翹的小汽車飛快掠過路邊爬滿常青藤的圍牆，畫外音起，「1973年9

月3日傍晚六點二十八分三十二秒，一枚一分鐘可以振翅一萬四千六百七十下翅膀的藍色果蠅降臨在蒙馬特的聖文森大街」，然後一條鋪了臺布的野餐桌開始如果蠅振翅般地亂顫，天使艾蜜莉不久就誕生了。

聖文森大街也通往Lamarck-Caulaincourt地鐵車站，那個車站入口處兩邊各有一段樓梯，使車站恰好位於一個倒Y型的咽喉處。艾蜜莉一如八年前被她攙扶到車站的那個盲老翁一樣，長勁鹿般使勁仰起了頭，當年那一幕便雷霆萬鈞般地從記憶隧道裡鑽了出來：那流向陰溝的街沿污水變得金光熠熠，好像森林裡的小溪潺潺流淌，輕快的手風琴曲奏出了集市的交響，艾蜜莉挽起盲老翁的手，說道：「我幫你走，先下臺階，經過軍樂團的鼓手，一個馬頭沒了一隻耳朵，賣花女的丈夫在笑，櫃檯裡有很多棒棒糖……經過熟肉店，火腿79元一斤，屠夫店，乳酪店，寶寶在看狗，狗卻在看黃澄澄的烤雞，我們到地鐵口了。」這個地鐵口正是三十一歲的艾蜜莉現在站著的Lamarck-Caulaincourt地鐵口。

艾蜜莉曾送盲老翁到這個Lamarck-Caulaincourt地鐵口

雙磨坊Cafe尚有點艾蜜莉的舊模樣

從Lamarck-Caulaincourt地鐵口出發，找到Lepic街後便沿著它下行，艾蜜莉越走越快，直到撞到Cauchois街，艾蜜莉搞怪的大本營——雙磨坊Cafe到了！店堂內還有很多舊模樣：霓虹燈流線般勾勒了餐廳的屋頂，芥末黃的天花板和四牆，包銅的吧台，還有那個曾經被一中年顧客和賣菸女店員翻雲覆雨過的廁所，那扇床板一樣堅挺的廁所門還在那裡，連帶那塊勾著紅框刷有「TOILETTES」紅字的磨砂玻璃。比起那家雜貨店，「雙磨坊」比較低調，沒有利用前雇員這個賣點，只在餐館盡頭貼了一張類似艾蜜莉通緝令的大海報，海報右手邊便是廚房的門，每次廚師做完菜，就狠狠敲一下門，艾蜜莉的接班人收到暗號後便開門取食，坐在離那扇門的不遠處就餐的顧客難免會被那惡狠狠的敲門聲驚一下驚一下。艾蜜莉難免還是有點失落：「雙磨坊」這個當年永遠只有小貓小狗兩三隻的店堂如今卻是人頭濟濟，再也見不到那些散落店堂的失意中年作家，失戀神經男

艾蜜莉的「雙磨坊」Cafe外景

子，失神女服務生；那塊艾蜜莉寫今日特餐的玻璃板沒有了，水筆在玻璃上迅速走動時發出的吱吱歡唱曾經多麼鬆脆；「雙磨坊」進門右邊那個賣香菸櫃檯也沒有了，成排壯觀的香菸被餐桌取而代之；「雙磨坊」的潔白餐桌布也被橘子橙和檸檬黃交錯的格子餐桌紙代替……。

「雙磨坊」的午餐菜單中，湯在5、6歐元左右，主菜9到15歐元左右，餐後甜點5到6歐元左右，包括甜食的午餐套餐是14歐元不到一點，招牌菜中有溫順如灑著小塊培根和溫熱山羊乳酪的綠色沙拉，馴良如五六分熟內裡通體粉紅的醬汁肥鴨，生猛如豬腦燴小扁豆，經典如Camembert花皮軟質乳酪就上一杯Cotes du Rhone紅酒，怪異如頭頂著一枚煎蛋的漢堡。

「雙磨坊」Cafe的午餐：五六分熟內裡通體粉紅的醬汁肥鴨配小土豆

「雙磨坊」Cafe裡那扇經典的廁所門

艾蜜莉的「雙磨坊」Cafe繁忙的午餐內景

「雙磨坊」裡唯一高舉AMÉLIE旗幟的地方，右面是廚房門，每次廚師做完菜，就狠狠敲一下門，艾蜜莉的接班人就開門取食物。因為就坐在門邊不遠，不時被那惡狠狠的敲門聲驚一下驚一下，有點心不定

艾蜜莉能看到蒙馬特屋頂下的所有高潮

吃飽喝足的艾蜜莉出了餐館，竟然又左轉，殺回蒙馬特。看情形，她走的是聖心大教堂的方向。對了，聖心大教堂下，有艾蜜莉引導她男友尼諾找到遺失相冊的那個廣場，艾蜜莉的蒙馬特懷舊之旅又怎能略過那裡呢？

聖心大教堂正面標準報名照

聖心大教堂是羅馬－拜占庭式的建築，頭頂三個洋蔥頭圓頂穹隆，又是渾然的白色，勾人想起上海人以前自製的肉湯圓，爲了將它們和甜餡的湯圓區別開來，便不捏成渾圓的，卻在湯圓頂上撮一小簇皮，捏成一個小尖尖頭，讓你老遠就能辨別出那裡頭有肉。聖心大教堂的洋蔥頭圓頂也讓人在一個不經意的抬頭時，嗅到了上帝聖心的味道。教堂的建造緣起於鼓舞普法戰爭和巴黎公社時期情緒低落的巴黎市民，信徒們募集了4000萬法郎，由建築師Abadie設計，歷經近四十年，於1914年方告完成，此時那個Abadie早已過世三十年。教堂內更有一幅世界上最大的馬賽克鑲拼畫，畫中耶穌張開雙臂，如果當年艾蜜莉的媽媽是在聖心大教堂裡燃燭祈禱上帝賜子，恐怕也就不會被那個從天而降的魁北客自殺女活活壓死了。

在聖心大教堂爲母親燃一支祈福她無論現在身在何方，都能再生一個兒子的蠟燭，艾蜜莉又站在了聖心大教堂前的小廣場，順著艾蜜莉的視線，你能看到蒙馬特屋頂的波濤，能看到一片片巴黎鉛灰色的瓦，能看到第九區士丹街28號五樓，參加完老朋友葬禮的老先生在通訊錄上用橡皮擦去了又一個名字，如果空氣能見度夠高，視力夠好，甚至還能看到普蘭先生的X染色體遇上普蘭太太的卵子。反正這是一個分不清季節時空和人物，分不清現實和夢境，分不清走在你旁邊那個人面目的下午，權將十枚新鮮的草莓插在十根手指上，站在這個幾乎是巴黎的最高處，傾聽一場艾蜜莉式的華爾滋手風琴曲，聽任牙齒格格打顫，一如「雙磨坊」裡的玻璃杯子因感受到性的熱力而無可抑制地抖動。

從聖心大教堂前的階梯一路直走下來，最下面就是那個有著旋轉木馬的維萊特廣場。當年艾蜜莉在那裡紮著頭巾戴著墨鏡在廣場上的電話亭給急於揭開艾蜜莉面紗的尼諾打電話。

「叮………」電話鈴又響起來了，艾蜜莉、艾蜜莉，快去電話亭裡接電話吧。電話亭裡應該有一碗叫做Cream Brulee的法式焦糖布丁，瓷碗旁會有一枚湯匙，好讓艾蜜莉用湯匙逐一敲碎那層像結了薄冰一樣的焦糖表面，那糖層斷裂時發出的「卜啵」聲是和撥弄琴弦一樣美好的聲音，電話亭裡還計有：一個只會看見愛人們眞正高潮時的望遠鏡，一顆茱葉內眞的有心在跳的朝鮮薊，一袋削得薄薄的能在聖馬丁水道打出十級跳水飄的石片和一套雪紡的亮紅衣裙，一大盆灑上用風琴版《La Valse D'Amelie》做的乳酪粉末的兩人份義大利麵，一張艾蜜莉爸爸和媽媽在一個背景模糊的地方度假的近照，他們並排坐在一起，一個在整理工具箱，一個在整理手提袋，神態安詳。

此時，巴黎蒙馬特聖心大教堂下維萊特廣場上的電話亭裡，氣溫24度，濕度70%，大氣氣壓808百帕，心跳一百零一下。

從聖心大教堂前的廣場看去，最底下就是維萊特廣場，廣場中右側那個綠帽子下就是旋轉木馬

蒙馬特屋頂的波濤

沿著臺階而下，能從聖心大教堂到達維萊特廣場

蒙馬特一路行來留在牆上的幽默小品

Amo te
Jeg elsker deg
ME SUMS MO
N' WOH
MUNSMAWA
E VVAME
Ik zien à geern!
Ke a go rata
NDIKUKONDA
TE IUBESC
אני אוהבת אותך
SZERETLEK
NIMITZ
ASSAVAKKIT
Te quiero
NI HOU
Ndzukuthanda
GNEGUE WE GAA ROUNDDA
ndinokuda
MI PE WO
ERE H MEH
ALOR ME SUMS BO
ÁN MINAKU
MWEN RENMEN'OU
Ngiyo kuthanda
Ndagukunda
Ek het jou lief
Maam
LIUBINAVTU
Mi em Aou
nalligivagit

Te amo
SAYA CINTA PADAMU
MI LAIKIM YU
Volim te
I HA DI GÄRN
Saya cinta padamu
I love you
Ti Amo
Men seni sevijorum

尋訪艾蜜莉足跡小秘訣

◎艾蜜莉的車站：地鐵 Abbesses 車站和 Lamarck-Caulaincourt 車站是地鐵 LINE 12 的相鄰兩站，如果從南向北行的話，Lamarck-Caulaincourt在Abbesses後一站。

◎艾蜜莉的雜貨店——「克里諾」(Colignon - Au March de la Butte)地址：

56 rue des Trois Freres（與 Rue Androuet交接的路口），Montmartre

地鐵LINE 12：Abbesses站下

星期一公休

◎艾蜜莉的Cafe——「雙磨坊」(Cafe des Deux Moulins) 地址：

15 rue Lepic, Montmartre

地鐵LINE 2：Blanche站下

週一至週五 7am-2am；週六 7:30am-2am；周日 9am-2am

◎艾蜜莉望洋眼*處——聖心大教堂（Sacre Coeur）和維萊特廣場（Square Willette）地址：

35 rue du Chevalier de la Barre

地鐵LINE 12：Abbesses站下

教堂開放時間：6:45am-11pm

* 望洋眼：上海話，形容不專心做事，東張西望亂看。

11. 阿姆斯特丹人的「拖鞋」

一頭栽進阿姆斯特丹，最令我詫異的，不是運河邊一根根條頭糕*般狹長的民居，那些比肩排練的排屋因木質地基逐漸腐爛之故，開始左右傾斜，呈現出我們生於七〇年代的孩子所特有的七撬八裂齒型；阿姆斯特丹最令我詫異的不是所謂的Coffee Shop其實並不用來喝咖啡，店小二會拿出一本詳細的大麻菸草菜單供你選購，原來此地的Coffee Shop是用來消費各種大麻製品的；阿姆斯特丹最令我詫異的不是當地老老少少人皆一口流利英文，教育當局幾乎擔心越來越早開始學英語的小孩子以後說的荷蘭語恐怕都會帶英語口音；阿姆斯特丹最令我詫異的不是運河裡一溜沿岸而棲與陸上人家無致的船屋，據說船屋原則上不拉窗簾，好給在運河裡穿梭的人們一道屋內的風景，如你拉了窗簾，則表明你在做見不得人的事情啦；阿姆斯特丹最令我詫異的也不是它那有槳聲燈影的紅燈區，櫥窗裡等待選購的女孩以50歐元十五分鐘的費率高效地運作她們的生意。

運河橋頭的自行車

*條頭糕：上海糕點，以糯米粉糅和細豆沙，搓成長條狀，故名。

阿姆斯特丹中央車站前的自行車坡

阿姆斯特丹的自行車少女飆車技（攝／聶曉春）

那麼，阿姆斯特丹最令我詫異的是什麼呢？如果你恰巧從中央車站進入該城，然後頭向右轉，即使是來自自行車王國的你，也會急急地掏出相機，記錄下你視野右邊的那片自行車田，那座自行車坡，那堆自行車垛，好像全世界的自行車們都趕到這裡參加高峰會或者是達達主義的遺老遺少又向自行車發起了一次創作進攻。人們清早騎車從四面八方到達中央車站，將車停在車站外，然後搭上火車，有軌電車和渡輪，重新奔赴四面八方，那些自行車存車處好比是玄關；自行車，就是阿姆斯特丹人的拖鞋：早晨大家在這裡換下拖鞋，套上皮鞋，下班後又在這裡換回拖鞋。自行車在阿姆斯特丹是那樣的家常隨意，正因如此，荷蘭女王碧雅翠絲（Beatrix）端坐在一輛類似中國大陸老式鳳凰牌女用自行車的黑色自行車上的留影更顯貼心，哪個女王穿著拖鞋上鏡？正因如此，因對伊斯蘭世界現狀抨擊不已而被暗殺的阿姆斯特丹電影人西奧・梵谷（Théo Van Gogh，畫家梵谷之弟的曾孫），被歹徒撂倒在自行車上的慘劇更是驚心，誰會在屐著拖鞋時設防？

阿姆斯特丹有五十萬人每天踏著「拖鞋」上路，而該市區常住人口卻只有七十三萬，自行車占交通流量的40%。當那些喜歡騎車的美國人來到阿姆斯特丹，一方面羨慕他們全城都有專用自行車道，另一方面，卻竊笑當地自行車的樣式怎麼如此老土，且不提二十七級變速的，這裡就連有三級變速的自行車也並不多見，大多黑黑壯壯的，類似載重男用車的敦實造型，難得有些色彩鮮豔的，那種驚豔不亞於在一大堆深色塑膠拖鞋中冉冉升起一雙絲綢繡花鞋。在美國騎個車出門便好像是登上高跟鞋千嬌百媚地入社交場合：推出動輒上千美金的碳纖維自行車，穿好一身彈眼落睛的萊卡自行車服，套上無鞋帶的自行車鞋，戴上防護頭盔，如果穿一般的褲子得用兩根螢光帶把褲腿紮起來，以防止褲腿捲到輪子裡……。如果說美國人把阿姆斯特丹的這雙「拖鞋」抬舉成「高跟鞋」，那麼我們亞洲這邊又把這雙「拖鞋」貶成了「草鞋」。當年我在新加坡工作時想騎自行車上下班，當地同事大驚失色，苦苦勸說只有那些孟加拉勞工才騎車代步。亞洲城市開始漸漸地踩上「四輪鞋」飛馳起來，城裡的人心也開始抹上了機油。

所幸，在阿姆斯特丹，自行車不是「高跟鞋」，亦不是「草鞋」，它只是一雙有點舊卻把腳丫子抱個正著的家常拖鞋，它讓我偶爾想起：我們，曾經走在布滿著溫暖身體的街道；我們，曾經都帶著那雙叫做自行車的「拖鞋」漫街逍遙。

12. 東德不僅在七十九平方公尺房間裡延續

柏林度假回來，朋友詫異我帶回一堆印滿德文的超市食品，其中甚至還包括醃黃瓜、番茄醬和蘋果酒，這哪像是度假回來的，這分明是要去逃難嘛。我趕緊獻寶似的交代，這可不是尋常的零嘴和調料，這醃黃瓜是Spreewald牌的，番茄醬可不是你吃的美國亨氏，是Werder牌的，香檳酒是Rotkappchen的，沒聽說過吧。那Mocca-Fix Gold咖啡總該知道吧？還是不知道？哦，你一定沒看過或者沒仔細看過《再見列寧》這部2003年的德國電影吧？！

《再見列寧》（*Goodbye Lenin*）讓一直潛泳的所謂「東德文藝復興」浮出了水面，也更爲這場本屬情感的緬懷帶來了直搗味蕾的醃黃瓜、番茄醬和蘋果酒的味道。《再見列寧》裡的孝順兒子Alex要向他深度昏迷幾個

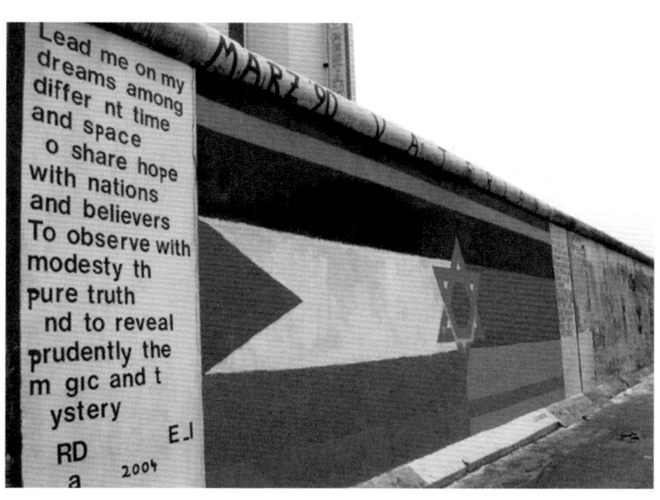

柏林圍牆殘跡——東邊畫廊的起點（East Side Gallery）

柏林民居的藝術塗鴉

kMA

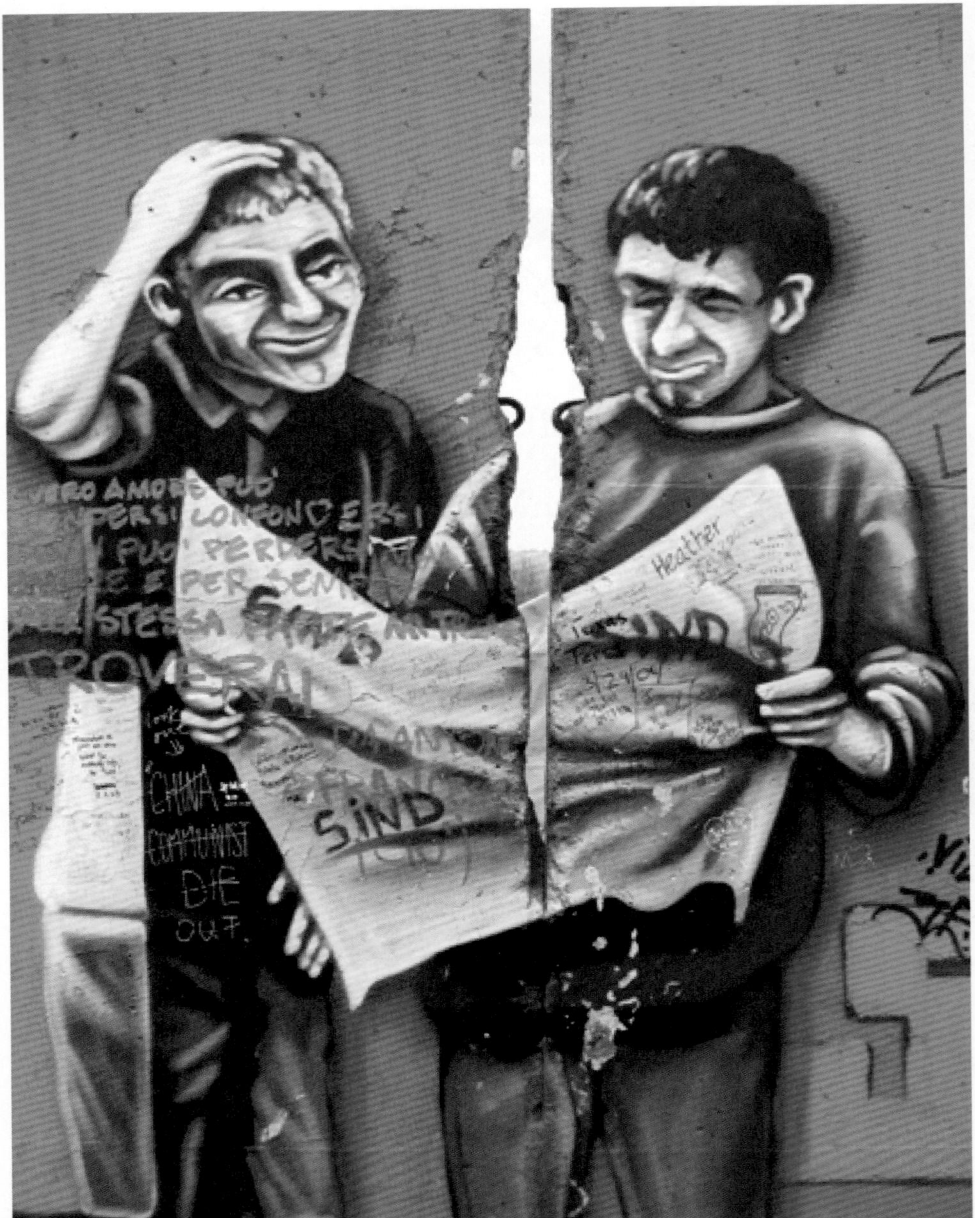

東邊畫廊由180位藝術家在長達1316公尺的柏林牆段上，創作了不同主題的繪畫

月後才醒來的老黨員母親隱瞞柏林圍牆早已倒塌，東德也已不復存在的事實，否則她脆弱的心臟可能因受不了如此劇烈的變故而再次停跳。為此，Alex處心積慮地覓來那些早已被西方食品全面代替的前東德食品，造成東德未倒的假像。觀衆印象最深的電影片段莫過於他為了找Spreewald牌的前東德醃黃瓜而不得不在垃圾筒裡、廢棄公寓中上下翻飛。當母親手捧著那貼有黃黃綠綠Spreewald-Guken紙商標的醃黃瓜瓶而露出無比欣慰的笑容時，母親的生命和東德因此得以在那個七十九平方公尺的房間裡延續。

看完《再見列寧》的幾個月後，我便有了機會親抵柏林。當前一年在西耶那古堡結識的東柏林朋友Matthias和Alexandra盡其盛大的地主之誼，特意到專門供應前東德食品的店家買了一大紙袋前東德零食，將其作為「歡迎到柏林」的見面禮送與我時，我也像Alex般地大叫起來：Spreewald！Matthias告訴我「Ostagie」（德語「東」：Ost＋「懷舊」：

Alexandra和Matthias給我的逃難禮包。Halloren Kugeln巧克力球在一排右二，Spreewald醃黃瓜在後排左一，為了怕我們看不懂標籤，還特意留了英文註釋的便利貼

Nostalgie的合成詞），也就是「懷東」，是柏林正時髦著的情緒，當慶祝西方物質文明湧入的大敲大打的狂熱勁頭過去以後，當東柏林的超市貨架上只見一排排亨氏的番茄醬和荷蘭的醃黃瓜的時候，前東德人發現這和以前清一色的Spreewald一樣，也是另一種單調，而且說實話，西面的化妝品味道似乎太濃郁了一些，自己原先那種含有大麥成分的仿咖啡沖劑未嘗不比進口的眞咖啡豆清香，於是那些隨著1989年牆倒下後也紛紛倒閉的前東德國營廠又復活了。Matthias更是提起那種叫做Halloren Kugeln的巧克力夾心球便兩眼放光，說那是他們東德童年時代的零食最愛，巧克力球內一半是白色杏仁蛋白，一半是黑色巧克力醬，每次一口咬下去，看你將巧克力球咬成一黑一白還是半黑半白，如同賭一把命，是小孩子樂此不疲的遊戲。

對於Matthias那樣七〇年代出生，咖啡几上擺放著《六人行》（*Friends*）那部美國電視劇紀念畫冊，又經常出入西方世界出差的前東德年輕人來說，這場「懷東」潮和無法在新世界找到理想工作的前東德同輩對現狀的失望，對未來的焦慮無關；這場集體念舊不像他的一些老東德長輩所認爲的是一場拙劣的以前東德爲取笑對象的鬧劇；這個現象也並不是一些西歐憤世青年所設想成的反資本主義，反消費主義，反商業化大企業的Cult文化潮。對於Matthias來說，「懷東」是件具體而微的事情：一如他追憶年少時，咬下味道並不怎麼樣的Halloren Kugeln巧克力球時，猜想它將碎成哪兩半的心情。就這樣，東德在她的房間，他的悵惘，你的遊戲和我的味蕾裡施施然地延續。

7. 签证在2003
8. 起英文名字
1. 有才学的“性都”旧金山
10. 等待回家的日子
2. 嬉皮的腋窝下开出一簇簇棕黄色的花
3. 伯克莱的诸葛四郎们
4. 圣塔菲和陶斯姊妹淘
9. 传下去传下去，
5. 千万别动我的毯子
Stop the War Against Iraq
Bush Fascista tu eres el Terrorista
ASHCROFT Gets
PEOPLES JUSTICE
SFS
ASHBURY
BOUTIQUE

第三站>>
美國
——友善掃蕩

我們抱歉地通知，因暫時難以排除的技術故障，列車將在美國站停留一段時間，請旅客們耐心等候。

車廂內備有印第安人的毯子方便旅客們使用，我們很快將放映舊金山的嬉皮影像供大家觀賞。

像老李那樣急切等待回家的旅客們，請不妨先友善掃蕩一下這裡的世情。

友善掃蕩須知＝美國是這些名詞的發明者和積極推廣者：脫脂牛奶（Non-fat Milk）＋無糖霜淇淋（Sugar-free Ice cream）＋低咖啡因咖（Decaf Coffee）＋素食漢堡（Veggie Burger）＋減肥巧克力（Diet Chocolate Bar）＋環保汽車（Environment-friendly Vehicle）＋簡單生活的傻瓜指導手冊（Complete Idiot's Guide to Simple Living）＋集體打坐（Group Meditation）＋方便停車的健身房（Easy Parking Gym）＋豪華露營（Luxury Camping）＋閃電約會（Speed Dating）。

1. 有才學的「性都」舊金山

如果說柏林一度是世界的「性都」，那麼舊金山歷來便以美國的「性都」自居。舊金山的性工業蓬蓬勃勃，但是和其他城市的尋常紅燈風景不同，當地的「性工作者」深入研究探討性技、性念、性理，以其專業精神和理論武裝而獨樹一幟。舊金山早在1976年就創立了授予碩士、博士學位的高級性學學院（The Institute for the Advanced Study of Human Sexuality），也是迄今爲止全美僅有的一家培養性科學家的研究所，而官辦的舊金山市立大學專設性學研究方向，並擁有全國最權威的全國性學資訊中心。舊金山在性革命的大潮中始終興興騰騰地擔當著急先鋒之職，可能部分便來自於其「學院派」背景吧。

說到這座有才學的「性都」，不得不提到一位叫做安妮・史普林科（Annie Sprinkle）的舊金山「性工作者」。該女於1954年出身於一學者家庭，十八歲初入皮肉行，十九歲開始從事色情片的演出，因不滿早期色情電影中植根於男性本位的男性中心文化，而開始致力於情色藝術中有關女性「自我凝視」的開發。當她以色情女星之身投身於色情業女權主義運動

有才學的性都「舊金山」

後，深感理論的重要性，遂投師於那個舊金山的高級性學學院，寒窗苦讀終戴上博士桂冠，完成了從「性工作者」到「性科學家」的實踐到理論的轉型，並繼續以色情行爲藝術爲武器，進一步推動色情業女權主義運動的發展，而當年和她拍那些「男性文本」特色色情片的男搭檔已經有一半因愛滋而黯然離世了。

史普林科博士在私生活上也有建樹，四十八歲那年她嫁了個好人家，在舊金山當時的市長布朗主持的類似於異性戀婚禮的同性戀伴侶承諾儀式

舊金山的街道和這個年頭的人心，一上一下

上，她對一位加州大學柏克萊分校的女教授說了「我願意」。這位「性」博士並不因爲「出嫁」而減少其樂此不疲的「公共性事」，當然她現在已經很少親臨第一線，而是多出現在柏克萊的校園內，以「性教育工作者」的身分宣講她理論結合實踐的性體驗，安全性交，愛滋預防，並賦予性以東方哲學的意味，將藏傳佛教、道教、印第安人的節律呼吸以及深情凝視揉入凡夫俗子的性生活中去。

舊金山每年一度的同性戀自豪大遊行

舊金山對性的專業精神追求還有一例。美國有一家連鎖的酒吧餐廳叫「Hooters」，其辣雞翅只在齒間輕輕一嗑，唇頰間但留嘈嘈切切的鮮辣情挑，每次我都可以一缽斗一缽斗地海吃。可是「Hooters」自從1983年創立以來，已在全美四十三個州開設了三百多家分店，卻直到最近方在舊金山開出北加州首家分店。爲什麼這麼久呢？這和舊金山的專業「性」有什麼關係呢？在研究這個問題之前，先有必要介紹一下「Hooters」的經營特色：它以所謂「愉快的粗俗」悅人，其服務生都是金髮碧眼、身材勁爆的女啦啦隊員造型，工作制服更是吹彈欲破的小可愛背心，以及短之又短的橙色熱褲，目標顧客群直指男性。如果男人貿貿然邀請某位賢淑良德的女子到「Hooters」吃雞翅，弄得不好，那位大姐當場便會翻臉，所以像我這樣身爲女子卻只因貪嘴而留連的，實爲女權主義者所不齒的。

由此可見，這個以女性外表性徵作爲噱頭之一的「Hooters」長久阻在「性都」之外的原因便是，它只是將女性性徵無創造性地物化，是史普林科博士三十年前初出道時才做的粗糙事，如同君子愛財取之有道，君子好色亦應受之有調。所以有心特許經營「Hooters」的商人忌憚於舊金山這個城市的獨特「性」念，竟是久久未敢攻入這座學院氣息濃厚的「性都」。今年它頭皮一硬地開了進來，不過業內坊間普遍認爲單是設在漁人碼頭這樣的市口就可以看出，它只能撿遊客的錢包，卻不會是本地人輕易光顧的生意，「Hooters」和舊金山本身無關。

寫到此處，冷不防想起那本明末清初人情小說《平山冷燕》來了。它譯成法文向西方推解時，書名直譯爲《兩個有才學的年輕姑娘》，由此可見有才學的確是個有號召力的關鍵字，舊金山便是一個有才學的「性都」。

2. 嬉皮的腋窩下開出一簇簇棕黃色的花

如同1968年的5月之於巴黎，1967的夏天讓舊金山，確切來說，讓舊金山市區偏北的那個叫做Haight-Ashbury的街區成爲一股潮流，一種象徵，一杆大旗，一個時代，成群的自稱爲「花童」的嬉皮人招搖在Haight-Ashbury區的大街小巷，他們聚會在此參加一個誰都不知道會延續多長時間的叫做「愛之夏」（Summer of Love）的露天狂歡派對，他們當時誰都沒有很確切地意識到，那個大造主流文化之反的嬉皮運動就此正式鳴鑼開場了。美國民歌手約翰・菲力普斯（John Phillips）花了二十分鐘寫就的那首《舊金山》中唱道：「如果你要去舊金山的話，請別忘了在髮際上插些鮮花，如果你要去舊金山的話，路人都會很溫婉，那些要來舊金山的人，夏天一定會有談情說愛……全國上下，都感受到了奇妙變化，人們起

鬚髯飄飄，紮染汗衫，懸掛愛珠，表明政治立場是老少HIPPIE的基礎武裝

Jobs &
Education
Stop the War
Against Iraq
Bush
Fascista
tu eres el
Terrorista
ASHCROFT Gets
PEOPLE'S JUSTICE
Be Free!

HIPPIE群相

HIPPIE PARTY的現場，位於BIG SUR的HENRY MILLER故居的草坪上。HIPPIE們喜歡光腳跳舞，背景中能看到文章中提到的五月柱，用彩帶像編辮子一樣地編成，是HIPPIE PARTY的一個重要儀式

印第安人的飾物是HIPPIE的心愛之物，比如捕夢網啊，印第安首飾啊，這裡的女HIPPIE裹著印第安織毯翩然起舞

身出發，整整一代，要寫新篇章……」，那首歌講得絕不誇張，頭插鮮花的年輕人一堆堆地站在1967年的高速公路邊，打著各種要求搭便車的手勢，目的地：去西邊，去北加州，去舊金山，去舊金山的Haight-Ashbury區，那裡早已演變爲愛火山的噴發口，自稱「愛之一代」的嬉皮士們幾十人共居一屋，過著公社生活，「要做愛，不要打仗」（MAKE LOVE NOT WAR），啃著被命名爲Love Burger的漢堡，全身披掛著叫做Love Beads的飾物，那年夏天如果不被命名爲「愛之夏」，那誰都會說沒天理了。

五〇年代風頭很勁的「垮派」（The Beat Generation）曾經活躍在舊金山的North Beach一帶，那裡越來越高的房費終於將「垮派」徹底擠垮了，他們紛紛湧向擁有成排維多利亞式舊房子的Haight-Ashbury區，於是，吉他換成了東方風味的印度錫塔爾琴，嚎叫的詩歌換成了Grateful Dead和Jefferson Airplane的迷幻搖滾樂音，咖啡館裡激昂情緒的Espresso換成了由那些業餘藥劑師自己調製的LSD迷幻藥。「垮派」這就正式被「嬉皮一代」接手了，舊金山的IN地段這便從North Beach轉到了Haight-Ashbury，波希米亞

學會編織舞蹈時的花冠也是HIPPIE的必須課程，這個小HIPPIE正在學編帶野雛菊的花冠

／地下藝術／新左翼／無政府主義／民權籲求／和平運動和大麻菸草燒出的嫋嫋白霧，迷幻藥物帶來的蘑菇雲叢交相纏繞，和嬉皮士們舞出了一支六〇年代末期美國西海岸最華麗的次文化舞步。

Haight-Ashbury今何在？如果你找到Haight街和Ashbury街的交口那棟粉紅兮兮的維多利亞式建築，門口吊一碩大的綠底白字牌，上書「GAP」，你便知道，你已經站在了傳說中的當年美國嬉皮活動的陣中，可是富有諷刺意義的是，「GAP」這種涉嫌使用海外非法童工爲其縫製衣服的連鎖服裝店正是當年嬉皮文化的死敵。六〇年代末，七〇年代初，嬉皮被稱爲全國最時髦的景觀時，外地人去舊金山的一個重要參觀項目就是坐大客車去Haight-Ashbury觀摩一下那個時尚前線，旅遊廣告說，那將是你在美國境內能體驗到的最異國的情趣。嬉皮們會很配合地在一車廂遊客被迢迢運來後，高舉著一人高的鏡子，一邊使勁照著車內遲鈍遊客，一邊吼叫著：「DIG YOURSELVES, MAN!」現在你如果到Haight-Ashbury做一下嬉皮懷舊主題遊的話，倒不用擔心再有憤世青年嬉皮來如此驚嚇你了，

Haight-Ashbury街角的GAP

這些年輕時鬚髯飄飄的嬉皮雖然已經老了三十歲，但現在的臉反倒像蛋殼一樣乾淨，他們終於不要再以「我需要看彈劾尼克森的報導」爲藉口而買電視，他們之中的絕大多數開始吃肉，每天至少一杯可樂，並恢復互送禮物等所謂的資本主義臭禮儀。他們當中混得好一點的，可能在華盛頓做議員，可能在矽谷的高科技新貴公司裡任高層行政長官，他們也可能在編寫或者早已出版過幾本有關嬉皮文化的書，那些退休無事可幹的人則組織一類似「追尋嬉皮足跡Haight-Ashbury徒步遊」的活動，帶著好奇的後生遊客穿街走巷解說一下當年「花童的住所」，他們之中當然也有一些鐵杆老嬉皮還在繼續鬚髯虯眉，摩洛哥袍飄飄地隱居在加州Santa Cruz山間或者Big Sur的海邊小屋，靠著教教瑜珈術或東方哲學謀生。

如果你現在參觀Haight-Ashbury，請盡可能選擇步行，赤腳最佳；騎自行車也被批准，不過不要忘記在車體呈條形地刷上粉紅、果綠或者斑馬狀的油漆，在車把上拴幾縷彩色紙帶，在車頭上見縫插針地插上幾朵小名分別叫做Rainbow、Chelsea、Basil或者Dragon的野花，以及一個發聲雄奇的喇叭；實在需要駕車的話，嬉皮的官方用車是大衆VW車，不管是它家的迷你麵包款，甲殼蟲款還是廂形貨車款，車裡一定要長長短短地掛著粗壯的珠子，飛機狀的和平符號，印第安人手工製的阻止惡夢來襲的捕夢網，你心上人的一縷頭髮，車體要噴上向日葵，抹香鯨，Grateful Dead樂隊的骷髏頭以及那些深具迷幻色彩的彩色旋渦。記住，所有的嬉皮車都

Haight街的尋常街景

Haight街的尋常街景

有一個人性化的酷酷的名字，比如自行車叫Bud，VW汽車叫Zion都蠻有品位。

Haight街的尋常街景

所謂在羅馬就要做羅馬人做的事，那麼在Haight-Ashbury逗留，也不妨打扮成當年Haight-Ashbury人的形狀。女嬉皮的大手一舉，腋窩下頓時盛開出一簇簇棕黃色或者淺褐色的花，所以如果你是女人家，請務必在去Haight-Ashbury幾個月前就停止剃體毛，特別是胳肢窩下。再順便提供一些嬉皮著裝的背景資料供你參考。六〇年代的街頭，男嬉皮頭上飄動著約翰・藍儂（John Lenon）那樣的中分直髮，吉米・漢崔克斯（Jimi Hendrix）那樣的濃密短捲毛，凱特・史蒂文斯（Cat Stevens）那樣的英國大律師假髮套式和最容易打理的任意瘋長的長髮長鬚式；女嬉皮基本走瓊・貝茨（Joan Baez）的清湯掛麵路線（也就是影集《六人行》裡最後的嬉皮戰士菲比的髮型），鮑伯・馬利（Bob Marley）的雷鬼粗辮式則男女通用，適合那些對自己的性別還摸不定或者隨時準備改變性別的嬉皮。至於服飾方面，男嬉皮可以打扮成耶穌式，也就是羅馬式的寬鬆罩衫，修身寬袖束腰的摩洛哥長袍，下配嬉皮的官方用鞋Birkenstocks涼鞋；或者可以打扮成早期的開拓者，條紋棉麻襯衫，馬褲背帶褲，工裝鞋或者牛仔靴；女嬉皮可以穿成波希米亞搖滾明星，成捆成捆的銀手鐲，帶很多流蘇的皮背心，長袖的緊身連衣褲（原則上內裡不穿胸罩）；或者是反文化休閒型，後褲袋上繡有美國國旗或者和平鴿的破牛仔褲，東印度風格的襯衫或者及踝裙子（通常是經自己改造過的），光腳；要想有點舞台走秀感的嬉皮會穿得比較Mix and Match：愛德華年代大禮帽，超長的巨蟒狀羽毛披肩，舊貨店淘來的晚禮服，全身上下的布料、顏色、圖案和年代必須混雜，這些行頭現在應該可以在該區的Wasteland復古服裝店，Shoe Biz、Villains等搞怪鞋店搞定。

不過不管你決定扮哪種風格的嬉皮，你都應該最起碼擁有一件自己紮染的，圖案混沌的汗衫，如果自己不懂怎麼染衣，當地每個旅遊紀念品商店都應有10美金左右的廉價衫供你應急，其中Positively Haight Street是比較悠久的一家。配飾的話，每個嬉皮身上，耳上，腕上，踝上的墨西哥、印第安或者印度風格首飾應該都會叮噹作響，搞出此起彼伏的音效，他們

該區的新潮鞋店Shoe Biz店在此

Positively Haight Street：嬉皮紀念品商店

1400
HAIGH
SITIVELY
STREET

的胸前和手編麻質的掛包上總是綴滿了豐富的大徽章，上書：「TAKE A HIPPIE TO LUNCH」（帶嬉皮去午餐），「IMPEACH NIXON」（彈劾尼克森），「BAN THE BOMB」（禁止炸彈），或者「BAN THE BRA」（禁止胸罩），那些鋁製徽章要賣4、5塊錢，比起紮染汗衫來說，性價比顯然不合算，所以購買之前請三思而行。

每當月亮爬上Haight-Ashbury美麗的維多利亞房屋頂，請隨嬉皮們轉戰該區盡頭的金門大橋公園草坪，請催促自己進入無意識狀態，將頭後仰，凝視月華，然後對著月亮發出一聲聲憤怒的嚎聲，吼完後，篝火也已經點燃起來了，嬉皮生活中最華彩的一章上演了。據說如果沒有見過篝火，沒有在火光盈然，非洲小鼓陣陣聲中，以三聲部的形式哼唱過《We Shall Overcome》，並邊唱歌邊讓同伴用指甲花染料畫過紋身，交流過自己在PEACE CORP中的傳奇經歷，密謀過革命的行動，那你便不是一個受過洗的嬉皮勇士。篝火晚會的高潮便是在嗑足藥，吸飽草後，甩掉鞋子（已經

HIPPIE商店的櫥窗也寫滿立場，充滿主張

赤足的話，請象徵性地蹭掉腳板上的泥屑），閉上雙眼，將頭後仰，平舉雙手，深深呼吸，然後開始，一圈圈地，自由打轉，在KUM-BA-YA，MY LORD----，KUM-BA-YA--------KUM-BA-YA，MY LORD的囈語聲中，直到撲通倒地爲止。如果恰逢適合革命的紅色五月，則篝火的前戲還要略爲隆重一些，通常會在草地中央豎起一根所謂的五月柱，在柱頂拴上和在場嬉皮士等多的彩帶，每個嬉皮士各執一根彩帶的末端，分兩組繞著柱子順時針或逆時針地盡情舞動，等人盡數倒下的時候，那棵五月柱便已經被披上了五彩辮子一樣的外衣，此時，前戲作盡，篝火的高潮被正式點燃。

做一個玩票的嬉皮並不如想像中的困難，但是要做一個純粹的嬉皮就難度陡升了，飲食是最大的挑戰。嬉皮的食物原則上是要自產的，所以需要學會如何擠牛奶或者羊奶，蔬菜的種植，自製土壤肥料，職業嬉皮原則上是素食主義者。我曾有幸嘗過傳統嬉皮農場食物「Millet Casserole」，那是一種混合了蔬菜塊，乳酪和小米一起烘烤出來的主食，盛在焙盤裡，然後使勁壓實了，切成一塊一塊食用。因爲它很容易煮，又吃得飽，大受那些需要時刻解下圍裙，投入女權示威活動的嬉皮女主婦的歡迎，卻因其口味的糟糕，令嬉皮男每每聞其名而變色。嬉皮家的孩子們能吃到塗了蜂蜜的花生醬三明治就已經興奮地搓著小手了。這些關於吃方面的艱苦事實最後是否瓦解了嬉皮運動尚有待考證，但的確打消了我想在嬉皮陣營裡混資深的興趣。

貼近嬉皮小秘訣

——Haight-Ashbury區的嬉皮景觀一覽

住宿和餐館

The Red Victorian Bed, Breakfast & Art：展示嬉皮文化的民宿旅館，訂房時不妨向他們打聽一下可否預訂Summer of Love房。
1655 Haight Street
tel: (415) 864-1978
http://www.redvic.com/
房費：$86～$200

Spencer House B&B：入住此地，品嘗當六〇年代嬉皮士遇到十九世紀維多利亞的滋味。這個維多利亞建築風格、擁有六間客房的民宿裡，可以讓清貧的嬉皮有機會在羽裳大床、鴨絨棉被、東方地毯的奢華屋裡盡情打個滾。
1080 Haight Street
tel: (415) 626-9205
房費：$125～$185

Crescent City Cafe：擅長Cajun料理。
1418 Haight Street
tel: (415) 863-1374

Massawa：衣索比亞非洲風味餐廳。
1538 Haight Street
tel: (415) 621-4129

購物

Wasteland：舊金山最狂野的出售復古服裝商店。
1660 Haight Street
tel: (415) 863-3150

Shoe Biz：該區的新潮鞋店。
1446 Haight Street
tel: (415) 864-0990
http://www.shoebizsf.com/

Villains：該區的新潮鞋店。
1672 Haight Street
tel: (415) 626-5939
http://www.villainssf.com/

Amoeba Music：舊金山最有聲望的CD店（新舊CD皆有）。
1855 Haight Street
tel: (415) 831-1200
http://www.amoebamusic.com/

Positively Haight Street：嬉皮紀念品商店，在這裡花上$5買一張地圖，將指引你找到那些六〇年代著名嬉皮人物的舊址。
1157 Masonic Ave
tel: (415) 252-8747

嬉皮速成法

The Flower Power Walking Tour：如果你是一個路痴，不會看地圖，如果你是一個懶人，不想事先做功課，也沒有時間讀這篇文章，或者你只想看看前嬉皮導遊的樣子，那麼參加這個六〇年代Haight-Ashbury嬉皮生活徒步遊。

每週二和週六，9:30，$15／人

tel: (415) 863-1621

著名嬉皮人舊址

1524A Haight：一代吉他英雄Jimi Hendrix曾在此公寓內大噴紫霧。

710 Ashbury：迷幻搖滾樂團Grateful Dead還叫Warlocks的時候，曾在這裡駐紮。

2400 Fulton：迷幻搖滾代表人物Jefferson Airplane Joplin的舊居。

122 Lyon Street：嗑著藥，彈著吉他，高唱愛與和平的反文化運動女幹將Janis Joplin的舊居。

1360 Fell：在垮派和嬉皮一代兩代人中任意飛馳的詩人Allen Ginsberg有時在此居住，這裡更被稱為六〇年代文學的Ground Zero。

3. 柏克萊的諸葛四郎們

加州大學柏克萊分校是美國最大的公立大學之一，其歷史上先後貢獻過十八位諾貝爾獎得主，不過它眞正在美國大學圈出盡風頭的，卻是其時刻與制度拍桌翻臉的姿態。走在位於柏克萊市中心的校區，嗅到的氣味和同在北加州的私立名校史丹福迥然不同：它沒有那些小布爾喬亞氣息肆虐的室外咖啡座、歐洲風味餐廳和連鎖經營的書店，校外主幹道隨處可見中國素齋館，西藏衣飾店，印度雜貨鋪和左翼舊書攤，來來往往的學生多為長衫短套絨線帽，工裝皮鞋斜背包。

曾觀看過一部記敘六〇年代柏克萊學生運動的紀錄片，1964年，校方害怕過於自由的校風將會減少政府撥款，因而宣布禁止學生利用學校設施進行各種政治演講活動。學生們經過幾個月的抗議示威，終於令校方撤銷成令，校長遭開除，「自由言論運動」獲校方認可。其後，耶魯、康乃爾、普

很柏克萊的街相

ANY
TIME
chocolate
SSC C&

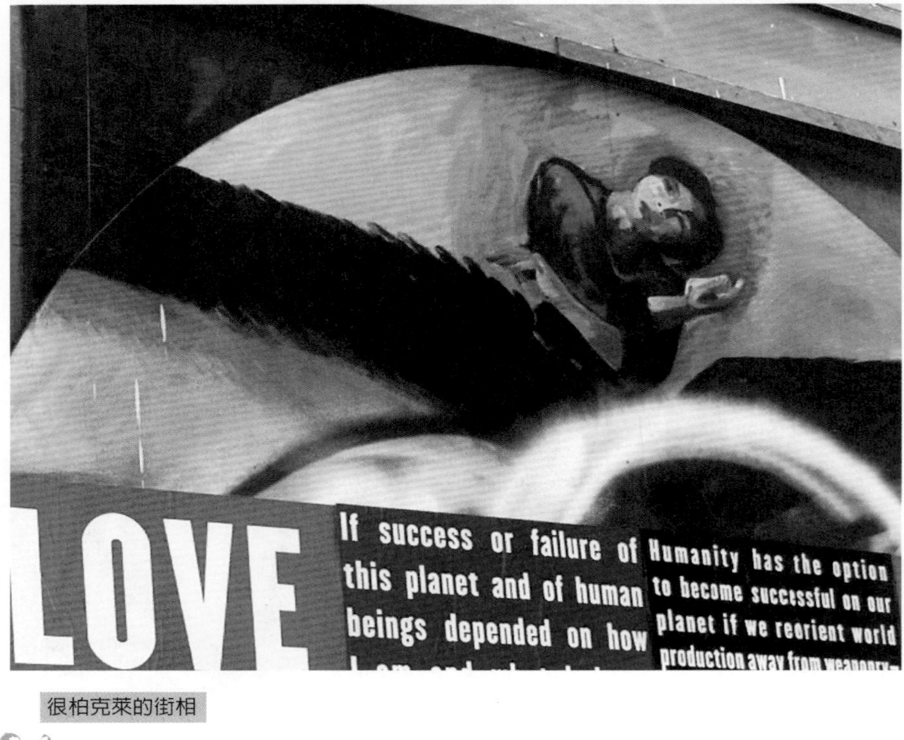

LOVE
If success or failure of this planet and of human beings depended on how
Humanity has the option to become successful on our planet if we reorient world production away from

很柏克萊的街相

林斯頓等東部名校也紛紛跟風，以致於六〇年代中，員警時刻在校內待命已成一道不見怪的風景。

紀錄片裡印象深刻的有，那些六〇年代中期的女生，當時還留著賈桂琳式的膨膨髮，男生們則戴著伍迪・艾倫（Woody Allen）式的黑框小方眼鏡，這些未來的嬉皮士們斯時還保留著「沉默的一代」的拘謹體貌。當警方扣押了一位在校園內設台演講的學生後，學生們極其體貼地脫了鞋，才小心翼翼地爬上扣押那位學生的警車車頂，輪流演說，七千多人如此這番與警方對峙了三十二小時。當員警清場把學生往外拖的時候，他們有的還面露笑意，如坐轎子般的春風洋溢。員警問一女學生，「你是要像淑女一樣體面地走出去呢，還是被強拖出去？」女生歡快作答，「我要像淑女一樣體面地被拖出去。」

柏克萊的子弟們自此以後爲各種事業抗議，大到爲言論自由、民權反戰、種族歧視，小到爲學費漲價、財務資助減少等，甚至還有爲了公衆場合裸體的權力。如果要和柏克萊1993至1994年間在校的女生套交情，只要問她們那個「Naked Guy」也就是拒穿衣服的裸男就可以了，一定會引她

柏克萊校園旁最著名的Telegraph大街上滿是柏克萊意味的小攤

柏克萊校園一角，六〇年代學生運動的主現場，現在已經滿是歌舞昇平，祥和一片

柏克萊校園一隅

們笑得花枝亂顫，雙目放光。那個叫安德魯・馬丁尼茲（Andrew Martinez）的男生，擁有古銅膚色，身長一米九三，玉樹臨風般地春光大泄著，又非同性戀，怎能不讓心智健全的女生們集體焦慮呢？我的一位柏克萊朋友追憶，那段時間每天上課的路上總是小鹿亂撞，既想撞見他，又怕撞見他，還說裸男講究公共衛生，每次上課入座都會帶一塊毛巾墊著。

安德魯宣導的回歸自然運動沒有成功，在拒絕著衣上課後，他被開除了。安德魯也許需要耐心。馬里奧・薩維歐（Mario Savio），這位當年被校方恨之入骨的，六〇年代「自由言論運動」的首領，在他1996年去世後，校方將校園演講集會中心以薩維歐的名字命名。因此說不定，安德魯也會等到全民裸體日宣布的那一天。不過我怕到那時，老安德魯可能一剝光衣服就要哀號，「凍死老夫，凍死老夫也！」

柏克萊的學生就像民謠裡的那個諸葛四郎，窮各種理由以各種方式，和他們認定的各種魔鬼黨爭奪著寶劍，不計代價，並以此為樂。

4. 聖塔菲和陶斯姊妹淘

聖塔菲（Santa Fe）和陶斯（Taos）是誰？那是對角相臥在美國新墨西哥州東北角的一城一鎮，七十英哩間兩兩相望，憑藉一點邪氣兩點原氣三點靈氣四點仙氣，勾了四方高人來玩，然後客人便都賴著不走了：英國文學巨擘D・H・勞倫斯（David Herbert Lawrence）風塵僕僕從雪梨趕來了，他聽從了藝術贊助人馬貝爾的建議：「要到新墨西哥的陶斯去，你應該知道在新墨西哥跳動著世界的心臟」，直至勞倫斯客死他鄉後，其骨灰仍被運回第二故鄉，長眠在位於陶斯的勞倫斯農場；二十世紀美國抽象派藝術畫家喬琪亞・歐姬芙（Georgia O'Keeffe）義無反顧地從紐約趕來了，她失聲尖叫「天哪！太棒了！沒有人告訴我它竟然是這樣！」至此她把自己藝術生命的下半生奉獻在陶斯附近一個叫「鬼莊」的農場，聖塔菲市後來爲她建立了博物館；美國西部黑白風景攝影之父安瑟・亞當斯

聖塔菲的顏色

（Ansel Adams）快馬加鞭從舊金山趕來了，他被聖塔菲、陶斯因高原稀薄空氣而造成的「每件東西都在發光」的效果激動得兩眼發光，從此顧盼流連，亞當斯被公認為月亮攝影作品中的經典《月升》，便是在離聖塔菲幾英哩之處妙手偶得的。

然後就是我，也樂顛顛打上海趕來啦！我最早曉得聖塔菲和陶斯姊妹淘，是有點盤根錯結的：幾年前無意邂逅歐姬芙畫的那些充滿超現實主義幻覺的倨傲之骨：有頭戴一枝花的羚羊頭骨，振翅在新墨西哥有「基督之血」之稱的紅土山巒，還有透過只只渾圓骨盆望去的陶斯稀薄乾燥的藍天，頓時驚豔。於是，從歐姬芙著手，順藤摸瓜到新墨西哥東北角直搗海拔七千英呎的這塊遼闊之地，如同從一顆可可豆的種子一路咂吧到一碟下午四點的巧克力慕斯蛋糕，我便如此從尺把大的方寸之美一路追殺到幾千里外的紅土高原。

初到聖塔菲和陶斯，旅店客棧的主人通常會交代兩張地圖（有時也是兩張合一），一張是當地的畫廊地圖，一張是當地的美食地圖，所以帶上兩隻眼和一張嘴，聖塔菲和陶斯便都是你的地盤世面。

也是聖塔菲的顏色

仍是聖塔菲的顏色

先說兩隻眼的地盤。聖塔菲與陶斯並稱美國第三大藝術城，其藝術景象的奔放蓬勃僅次於紐約和舊金山。那姊妹淘的關係直白一點說，是前店後廠的意思，畫家在陶斯心靜如水、天遠地偏的畫室勤力生產，產成品則在聖塔菲繁華似錦、富貴有加的藝術品市場流通。這樣的分工合作避免了很多藝術之城面臨的困境：即藝術家造就了城市的人文聲光，與此同時卻是自掘墳墓，親手將其改造成因昂貴而再也難以生存的喧囂之城。聖塔菲的長街短巷處處皆畫廊，陶斯老鎮則遍布藝術家工作室，兩地藝術根據地因同出一脈，所以賣相類似：頹圮的泥牆，斑駁的單開間木門，屋簷下代替風鈴的乾紅辣椒串，自掃門前土的竹枝掃帚，一呎寬的人行土道，一律土色的「Adobe」建築——一種以稻草，泥和水爲材質的外表渾圓的泥磚屋，它總引我浮想聯翩到哺乳期豐潤的婦女，望之也溫，觸之也濡。「Adobe」的房樑一根根杵出牆面寸把來，在夕陽殘血的牆面不經意地留下道道修長的呻吟。若要說兩姊妹的區別，老姊那邊可能是後天的整容，而妹子那邊卻是天生的姿色。

再說一張嘴的世面。新墨西哥的菜式如同這個地方，是個印第安人、墨西哥人和歐洲白人的大熔爐，那口大鍋爐從十六世紀西班牙人探險到新墨西哥開煉，直到現在煉就的你中有我，我中有你。新墨西哥系就此從美國西南菜系中脫韁出來，另創融合歐洲風味的新墨西哥派。比如在陶斯老鎮中心的「蘋果樹餐廳」用的那頓

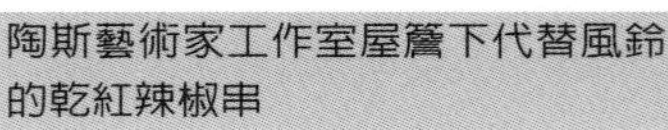

陶斯藝術家工作室屋簷下代替風鈴的乾紅辣椒串

陶斯的藝術畫廊

晚餐便是明例。坐定庭院的蘋果樹下，心窩窩裡藏著朵朵紅綠小辣椒的全麥烤麵包便辣風細細地來了，借著辣勁才吊起了胃口，一碗添胡辣椒加綠辣椒的馬鈴薯洋蔥牛肉醬湯又趕緊跟上火上澆油，才醒了醒鼻子抹兩把香汗，玉米軟薄餅溫香滿懷地裹著酸莓片皮鴨，也扭著肥厚的腰肢來了，眞正是你方唱罷我登場的喧鬧。這餐和一般西南菜系的區別在於，後者的免費頭道菜往往給的是蘸莎莎醬的玉米片，非前者的熱烤麵包，而以鴨下菜，明顯是沿襲法蘭西廚風，間中那碗慢火燉湯則是地道的墨西哥菜。

聖塔菲和陶斯姊妹淘的邪氣原氣靈氣仙氣單憑一千字小文難以歷數，不然怎麼會有那麼多藝術家一來就賴著不走了呢？我怕留在那裡一不小心也變成藝術家，所以還是一摸錢袋一提眞氣偷偷打道回府了。可是邪門大頭鬼的事發生了：上傳到筆記型電腦中的四百張心水美照，還未及刻盤存檔，筆記型電腦竟然在從新墨西哥回來的第二天匪夷所思地失蹤了，至今仍然下落不明！雖然這種留客的方式不免強橫霸道，可是我捶胸頓足後還是只能喃喃自語，「算你姐倆狠，有種你們別走，我改日一定操傢伙捲土再來！」

5. 千萬別動我的毯子

在美國新墨西哥州的聖塔菲城中心，坐落著最古老的公共建築——西班牙總督府。那日我在總督府前的拱廊下漫行，原本想從擺放在那裡的七十多個印第安人地攤上淘一些手工銀飾，入眼稱心的卻是寥寥，攤主也是愛理不理的賣相：個個坐佛般地森然端坐，臉龐具具扁平寬闊，顴骨高聳，眉眼細長，寬大的乳房如帷幕般地下垂到腰線以上一眼眼*的地方。細看表情，倒是各異：有望洋眼的，有打瞌睡的，有做針線生活的，如果生意來了，客人指東點西的，她們上身仍然不動不搖，不慌不忙地操起身邊的一根小竹竿，看中哪樣，便輕輕一勾而起，直搗客人面門，大有古龍人物志中懶人狀元王動大俠的風骨。由於這種卡路里消耗幾乎為零的工作形象，引發我注意到這些印第安老人的身上，都或裹或蓋或罩著一條條給人充實卡路里感的毯子。毯子和她們之間的某種奇妙的化學關係，形同小孩子和其懷中充滿口水味道的泰迪熊。

聖塔菲城中心，最古老的公共建築——西班牙總督府下裹著毯子做生意的印第安老人群相

＊一眼眼：上海話，一點點的意思。

懷著對印第安勞動人民工作方式的無限欽羨和對其曖昧工作伴侶「毯子」的疑問，我踏入了位於新墨西哥首府阿布奎基市（Albuquerque）以西七十英哩外的印第安保留區，有「藍天之城」稱號的阿克瑪城（Acoma City）。導遊戴安是仍苦守在這個無電無自來水村落裡的三十多個老弱婦幼之一，可能覺察出我對毯子隱含的某種大灰狼之心，戴安首先對毯子的重要性加以詳解：每個部落中人都會在有生之年收到一塊將來入土裹屍的用毯。當印第安人去世以後，屍體被送回其在部落裡的老家，由東向西地安放在地上早已鋪陳好的毯子上，臉上抹上用玉米研磨成的粉質作爲入土的妝容。第二天，屍體便被抬到一張木板上，屍身上再加罩一塊毛毯，便由護柩人抬往教堂前的墓地下葬。在印第安人不用棺木入土的情形下，如果誰一不小心失落了那塊毯子，就只能光著身子赤條條地去了。

印第安人對於毯子的這種崇敬，可能和十多年前上海人民對於被面的追捧有相似之處：當時上海人舉凡有喪事，前來弔喪的親朋好友人手一幅深邃的被面，未亡人悲痛欲絕之下，不忘細心地登記歸類，是毛葛還是印花緞的，收到一條織錦被面的，心頭往往重重地一振，也略略消去一點舉喪的萎靡。如同我們當年依附於那條條被面裡的種種人情內涵，印第安人爲毯子追加的功能也擴展到還債、感恩和彰顯身分等等。印第安人每逢婚喪喜嫁、生兒育女、受洗入教都以毯子作爲相當入流的禮物。

印第安人爲什麼會選擇毯子作爲拜物的用品呢？在形體上，毯子能給人一種鋪天蓋地的安全感，兜頭蓋腦地一罩，便是掩體，門簾，雨篷和浴罩，全世界的煙塵灰土就此不侵；而在精神上，毯子更是一種對於根源的依戀和寄託。雖然先期抵達美洲那片美麗新世界的西班牙掠奪者帶來了天主教的感召，後到的白人佔領者帶來了新教的省悟，印第安人源於蒼茫黃土的原始宗教仍頑強地，以種種方式絲絲縷縷保存下來，比如那塊毯子：按照古老印第安的教義，編織毯子的過程是一種修行，一種讓靈魂遁世的方式，所以如果要檢閱一張毛毯是否眞是印第安人編織，只需查驗其是否有常人以爲是「次品」的突出的線頭，那線頭其實是編織者特意留下的，讓靈氣逃夭的遁世孔。另外，印第安文化以女爲尊，所以這項純粹的女工自然也被追捧，產成品更在物物交換中扮演著昂貴的功能，一條三色小毛毯可以換一根撒滿金粉的鴨毛。

由此便不難理解，如果印第安人被搶了毯子，便如同剝去了他們的裹身之衣，身家財產，靈魂出口和勇氣尊嚴。歷史上有位印第安「Nez Perce」部落的約瑟夫酋長，力拒美國政府把該部落從生養之地遷徙到他處圍圈起來的印第安保留地。為了躲避強徙的厄運，約瑟夫帶領全部落亡命天涯一百零五天，最終七百多人或死或傷，苦撐到最後一刻，他絕望地寫下降書：

天好冷啊，我們沒有毯子。小孩子們快凍死了。我手下的人，有些逃到山上去了，他們沒有毯子，沒有食物。沒有人知道他們現在到底在哪裡，可能也凍死了吧。我想去找我的孩子們，看看我能找到幾個，也許我最終將在屍堆裡找到他們。我的先王們，我累了，我的心疲倦了。以太陽之名，我將永不再戰。

而一百多年後的今天，恐怕也只有總督府前，保留區裡的印第安老婦人還形影單吊地死守著她們的毯子，年輕的印第安人早已不用擔心掉了毯子，入土就要光著身子的「恫嚇」了，他們更已進入網上售毯的年代：我們擁有傳統的手織印第安毯子——18%棉布，82%羊毛，64×80英吋，$60～$250——溫暖、經久、優美、身分象徵——我們接受VISA、MasterCard、運通卡等所有主要信用卡以及個人支票——網上交易保證安全……。

6. 單車一騎總夭夭

一個人駕車跑長途，如若不是爲了領命，趕考，尋仇，奔喪，能有閒閒獨騎的心，於我，便是一樁美差。英文將這種跑長途叫作「Road Trip」，所謂路遊，這麼文謅謅地一轉譯，少了些許奔波江湖的勞頓感，多了份將翺將翔的好心相。

一個人的「Road Trip」，我會分外中意路邊加油站附設的便利店，爲有機會吃很多正常情況下絕計不碰的食物，那些屬於飲食界「政治性不正確」的東西：比如撿一條最粗壯的熱狗，播天花似的灑上一層層綠酸菜，蓋被子似地鋪上一條紅番茄醬，一條黃芥末醬，絕不用擔心那條胖熱狗會

一個人的「日奔」——猶他州國家拱石公園的紅土平原（攝／曾威）

我的Wrangler黃吉普，為我賓士的小座騎（攝／馬克）

被悶死；再起獲一枚油滋滋的羊角可頌三明治，當場在微波爐裡一熱，看瑞士乳酪漸漸化成一攤爛泥，終和夾在羊角可頌間的肉團啊蛋餅啊纏綿抱作一團；還有那每次吃完後鐵定通手橙黃的「Cheetos」，「Cheetos」是種顯然添加了無窮色素、防腐劑和人造香料的乳酪膨化食品，據說是前伊拉克總統海珊也喜歡的小吃，美國電視臺播這段花絮的目的是爲了說明海珊身上偶爾也是有人性光芒閃爍一下的。

對於這種食性的突然大變，張愛玲曾解釋過類似的情形，「漢堡我也愛吃，不過那肉餅大部分是吸收了肥油的麵包屑，有害無益，所以總等幾時路過荒村野店再吃，無可選擇，可以不用怪自己。」醫生也說長途駕車要多吃甜食，不然血糖過低將引起血管狹窄，導致注意力不集中。有了文學和科學的雙重佐證，我自然更理直氣壯地做一個間歇性發作的戀肉、戀甜癖。垃圾食品一吃完，身體眞的能感到有種孔猛有力的花枝招展感。

「Road Trip」最難捱的是飽食過後的下午一兩點鐘，日正當心寂寂無聊，車輪擦地的「吡吡」聲，此時聽來便好像是紹興戲裡一把交椅坐正方的老生，昏頭落沖地訴說平生的怨懟，就在聽得眼皮將闔未闔之際，車便稍稍地拐出了線外。美國高速公路一般將邊界線外的路基有意做成一稜一稜的，只要有車出線，輪胎和其摩擦便會發出極其刺耳的警告聲。那驚心一響，在我聽來便像是那老生終於摒不住，在最應傷凋的時候，打了一個山響的噴嚏，於是老生和我同時被震醒過來。此刻當眞小鹿亂撞，醍醐灌頂一般，就此發誓不再惡意詛咒那個曾經拋棄自己的人，如果可能還應該要幫幫他。

「Road Trip」的夜裡好，夜裡一騎獨好，老音樂時段，現實與過往，神光離合，一退一進，直聽到雞皮疙瘩蔓延全臂，心中頓時橫生枝節，怎會眼皮只顧打架？記得有一次在暗夜，在加州Death Valley的盤山險峻公路，只有冷月帛裂的天光，也只有五輛互不相識的車排成一溜繞山徐行，有預謀的夜奔一般。後面的車僅憑著前車尾燈的一點紅光亦步亦趨，每開一段，領頭車便讓在路邊，讓後面的車上前領路，這樣前前後後互幫互襯地開出了山區。五輛車險路相攜而來，待到了一馬平川路後，卻不得不陸

很Q的Mini Cooper

續分道揚鑣，一車又一車地少下去，竟然心裡頭無端失落，爲這段沒來頭的默契。暗夜車行的感覺頗古怪，一來在速度的迷幻中，反而能嗅出緩慢的味道；二來在夜裡，本是最易發現被遺棄的光景，卻分明感到抓住了依靠。反倒是開過白天的小鎭容易心生荒涼，鎭中心大抵閒店八九間，狗吠三兩響的敗相，不荒也涼了。

既然提到汽車這類「鐵包肉」的「Road Trip」，也順便想起當年騎腳踏車「肉包鐵」趕遠路的年代。那時路上也不免生厭，沒有垃圾食物品，沒有抒情音樂聽，亦沒有崇高情操引，往往以默數超過多少同路騎車人爲大趣味。一般路人很沒有競爭性的，如同沉默疏鬥的「三尾子」蟋蟀，往往有收工的菜農民工之屬卻是心有戚戚，立刻振翅瞿瞿地和我浩蕩爭先起來。最戲劇性的當屬下橋片段，原來雙方腳踏車的煞車都很爛，本來正自神采飛揚高歌猛進的，此刻卻不得不同時窘迫地叉出一腳，權當人肉煞車，一路輕磕點地而下。硬體如此敗興，當事人不免意興闌珊，只能很沒面子地一前一後踢踢拖拖，兩聲部漸隱漸淡地鳥散開去。自開車以後，硬體好了，我卻再也未曾起意飆車，便姑且做一隻低眉順目的「三尾子」蟋蟀罷。

7. 簽證在2103

「早上好。請問哪一位？」

「早上好。我是A國駐S市總領事館簽證處簽證官。我打電話來，是爲M小姐簽發赴我國旅遊觀光的簽證。」

「哦，我就是M小姐，你們的工作眞仔細啊，我昨天半夜才做了一個在西半球某雞角旮旯搞Party的夢，你們一早就來發簽證了！不過感動歸感動，還得照章辦事，請問你預約了嗎？」

「不好意思，M小姐，我們不知道現在頒發簽證也要預約了，能不能通融一下呢？」

「那A國是不是S市國際聯誼會的成員國呢？」

「恐怕不是。」

「那對不起，我只能給你一個預約號，請在三週後的一早八點在我家門口排隊。千萬別遲到了！如果你不想到時候被門口的黃牛敲竹槓，買他們高價的頒發簽證申請表和頒發簽證費，建議你最好事先到我的掛勾銀行購買表格和繳付費用。」

「且慢且慢，M小姐，我搞糊塗了，我發簽證給你，怎麼要我來塡表格付費啊？這和我館歷年沿襲的頒發簽證工作流程正好相反啊？」

「這位先生！以前是以前，以前我曾祖母去你們那兒念書，還得隔夜夾著紅磚板凳蔥油饅頭等你們開門放號呢。塡寫表格是我考慮是否接受你國簽證的重要一環，借此瞭解你國的安全程度，風景名勝，美食地圖，購物折扣，未婚男青年魅力指數等等，以便於和其他向我發出頒發簽證邀請的國家進行分析比較。至於需要付費，完全是用於支付接待審批背景調查等所耗費的成本。哎，我不能和你多說了，具體請到我的網頁上查詢。你到底還要不要給我簽證啊？」

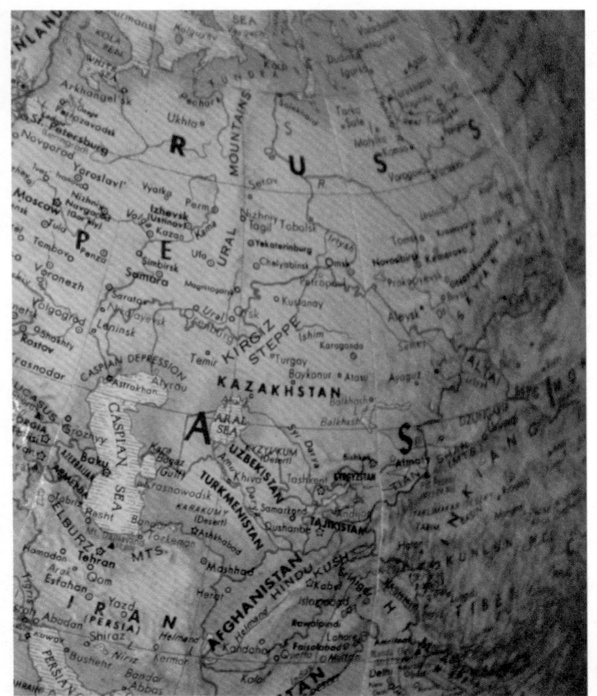

事後檢閱簽證，不免是個成就

「要，要，當然要！我這就去銀行拿表交錢去，耽擱您時間了，眞太不好意思了。」

三星期後。M小姐家門前早已排列著一溜各色人種長袍短衫的簽證官員，人手一蛇皮袋的申請表格資料，都被扛在肩上，一邊等候開門一邊切切嘈嘈交頭接耳，大抵是交流以往成功或者失敗地頒發簽證經驗，盡皆掩飾不住眉宇間的焦慮神情。

八點整準時開門，大門旁另開一僅供一人進出的半人高小門，叫到號的便俱俱點頭哈腰魚貫而入。在玄關處接受安檢，繳手機卸提包，爲了照顧主人的個人衛生習慣，還需脫鞋除襪去體味噴灑指定古龍水。然後由M小姐家的鐘點工幫忙進行材料預審，簽證官們吃心吃力準備的種種炫目的圖表、資料和各類證書大多翻也未翻地被扔了出來，那些花紅柳綠的美食美景美人圖片和耗時兩個多小時塡寫的表格被收納了進去，簽證官們領了面談號，便靜坐客廳一角等待面談。M小姐在臥室的門上挖了一個一呎見方的洞洞，位置取得極其候分克數*，加上M小姐立如青松，面如銅鐘，所以當她站在洞眼後和每位簽證官面談時，乍一望去，只以爲是簽證官們正面對一幅超大報名照進行懺悔。

因爲當天面談人衆，M小姐把臥室的南窗打開，闢作第二面試視窗，邀請其母幫忙一同面談。當A國簽證官的號碼被其母叫到時，他頓時面如土色心如死灰：根據面談老手的經驗，凡是到第二視窗面談的往往凶多吉少，因爲M小姐的母親打心裡不喜歡M小姐東奔西走。果然，待簽證官顫顫巍巍蹭到窗前，還未來得及擦拭額頭豆大的汗滴和眼角隱隱滲出的淚珠，其母已經「啪答」一個大章蓋下，伴隨著職業化的朗誦：「因無法證明貴國會在我女兒簽證期滿後及時放她回國，所以這次我無法接受你的簽證。下次等你收集到新的有說服力的證據，請再來我處申請。——很抱歉。下一位！」

---

*候分克數：上海話，意指恰到好處、剛剛好。

8. 起英文名字的葵花寶典

與中國人的姓名中，姓大都在百家，而名卻是洋洋大觀這個事實恰好相反，美國人的姓倒是千奇百怪，有叫懦夫（Wimp）的，有叫同性戀者（Gay）的，有叫長腳（Longfellow）的，也有叫鞋匠（Shoemaker）的，怪姓無數，而名卻相當集中，一般就在一千個常用名裡翻花樣。傳統美國人的取名沒有中國人的託福鬥雅之說，豐儉隨意的信手從《聖經》或者希臘羅馬神話裡挑個常見的，胸有點墨的可能拜託莎士比亞老先生給取了名，另闢蹊徑的則請來一花一草，想到用家鄉流過屋前的潺潺小溪來命名嬰兒，算能羨出人一身汗了。

不過近年來，美國人替孩子取名也開始顯現一定的創造力，不過這種創造力仍然侷限於用在女孩子身上。小公主有個不媚俗的名字被認爲是個性魅力的體現，因此家長取名偏向於前衛，炫耀其文化氣息；而男孩子的取名則偏向於通俗，體現其務實本性，如果取一個風情萬種的男孩名，很可能會使孩子童年生活飽受同伴嘲笑，甚至會讓人懷疑其性取向。麥可（Michael）長達三十五年來高居最流行美國男名榜首，直到1999年才一不小心給雅各（Jacob） 拉下馬，由此可見男孩名多麼鮮有新意。

現在最新的取名趨勢是以地名甚至品質來爲孩子取名字，比如電影明星金貝辛格（Kim Basinger）的女兒叫愛爾蘭，而柯林頓夫婦當年散步於英國一個叫Chelsea的地方，柯林頓輕輕哼唱著「Chelsea的早晨」，由此定下了未來女兒的名字：雀兒喜。猜測如果希拉蕊萬一生了兒子，起名很可能形同老布希之於小布希，以小柯林頓草草收場。至於用一些人類的美好品質來爲孩子起名，我覺得會混淆視聽，從此幼稚園裡此起彼伏的都是：「誠實又說謊了，節儉老浪費午餐，勇猛就喜歡哭鼻子，正直終於摔倒啦！」

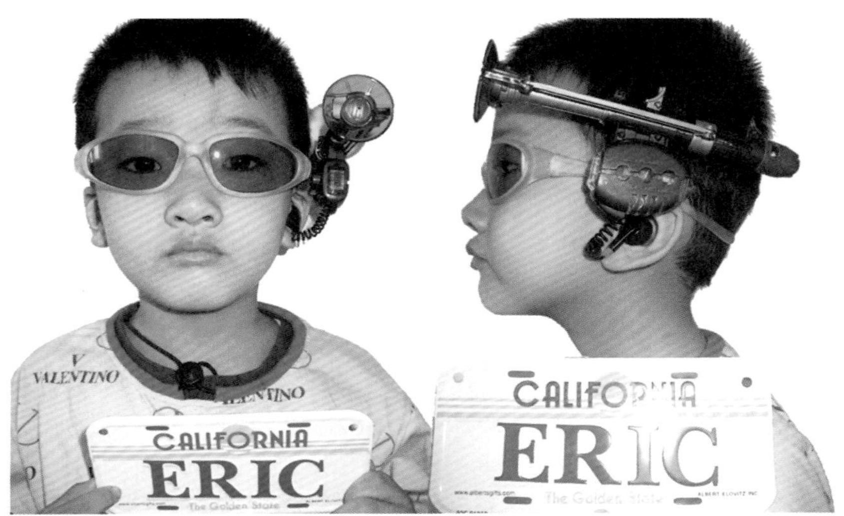

小侄子一心竟然也有一個幼稚園老師起的英文名字，叫做Eric

中國人取英文名字多半帶有學名工號的性質，也就是在學校和公司裡的代號，因此不能爛糊三鮮*地亂選一氣。選取名字時的考慮大多來自外國影視小說甚至外文教材中，有相同名字的角色爲自己帶來的愉悅或創傷的心理體驗。我對於英文名字所產生的感性聯想最初來自於一本兒時很流行的英語教材《新概念英語》（*New Concept English*），由此埋下奇怪的英文名字暗示：比如叫貝蒂（Betty）的，應該圓臉，是個滿頭捲髮負責清掃的中年女僕，叫鮑伯（Bob）的，一般長臉，是個在辦公室裡打雜的倒楣小鬼。每個英文名字因爲這樣那樣的境遇而成爲一種人格化的臉譜，比如提起那幾個前美國第一夫人的名字，我不假思索的聯想便是：南西（Nancy）有點妖，芭芭拉（Barbara）有點老，希拉蕊（Hillary）有點鬧，至於那個和柯林頓搞婚外情、橫插一槓*的莫妮卡（Monica Lewinsky）則有點騷。

＊爛糊三鮮：上海話，不負責任，草率行事之意。

＊橫插一槓：北方方言，意指毫無防備的，突然從外殺進來攪局。

爲了避免這種見風起雨的聯想，也有個把女知識青年窮思殫慮，倒也被她們搞出一些面目多嬌的法文名字、俄文名字甚至阿拉伯名字，震得女同學女同事們一下下的懊惱，一邊暗地裡火速調查這個妖名的念法和來歷，一邊不免沮喪自己的瑪麗馬啊，琳達林啊，羅絲羅啊，簡直是生產組阿姨嘛；男同學男同事們一看這樣的脫俗名字，則心下竊喜，初次見面找個話搭頭便得來全不費功夫：「你這個外國名字眞靈，怎麼讀啊？」一記馬屁頓時拍出個一來二去，這樣的女英文名便從尋常學名工號中脫穎而出，不經心間還附上了一點鳳好求凰的好處。

當然，與美國人取名的慣例相同，男白領取名則仍應以工號爲唯一出發點，越大衆越好，姓盧的不妨就叫盧克，姓馬的就叫馬克，姓艾的就叫艾立克，辦公室裡扯起喉嚨一呼一應，好一副生猛的做活腔調。如果有一個新進同事叫伊格納提夫斯（Ignativs）的，猜想我這一叫他，可能會引發多年未犯的口吃，因此伊格納提夫斯在以英文名字工作的外商公司，比如會計師事務所、顧問公司等可能會受冷遇，儘管這個名字的拉丁文原意是如火如荼的熱烈。

9. 傳下去傳下去，便是傳奇

初抵美國念書那會兒，因為囊中羞澀，便愛逛「Yard Sale」，那些居民擺在自家前門或者車庫的舊貨傾銷大多乏善可陳，僅供學生潦草應付日常，搬家後便捨棄。但唯有一物，從一老太太那裡購得，我卻時常相看，每次翻閱的時候心頭裡便是這樣一副光景：星期天黃昏的電晶體收音機，喑喑啞啞嘶嘶，溫熱味全的蓋飯香，街燈次第亮了，草長花歇了，大氣裡便漸漸彌漫開一種心有餘而力不足的傳奇。

那是一本老太太少女時代的剪貼本，英文叫做「Scrap Book」的，有心有閒的女人都喜歡做剪貼本，一紙一圖一花瓣，一像一卡一心意都工整地貼在大本子上，女人的似水年華似乎都長相憶在那裡了。記得當時訝異於老太太那傾屋出售的架式，便好像她不是在出外快地變賣家當，而是狠著性命要把自己的前生今世就此打包發售一樣。所有舊貨中，我看中一套黑膠唱片，都是三四〇年代的爵士搖擺音樂，我只準備了10美元的預算，因此這張要那張不要地取捨不下，盤桓許久。老太太突然說，「不如5塊錢你便把十五張唱片全部拿去吧，附送最底下的剪貼本。」

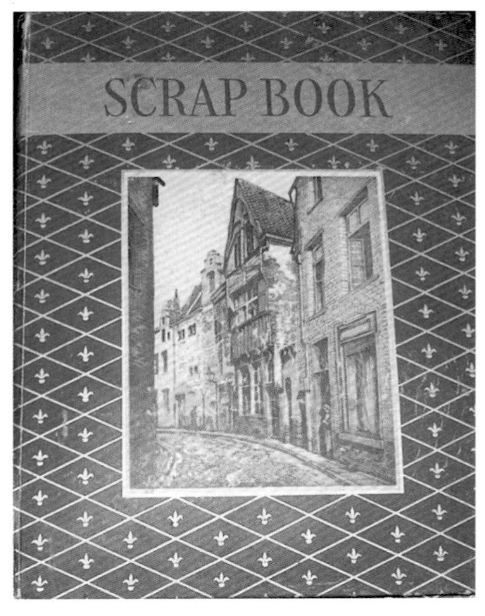

在「Yard Sale」中偶然發現的一本老太太少女時代的剪貼本

我這才注意到墊箱底的果然是一本藍紋封皮的剪貼本，扉頁上慘澹的花體字簽著她的全名「Mary Virginia Simnia」，名字旁是一張新近加上的黃色標籤紙，寫著「二〇年代和三〇年代的舊明信片和老賀卡，總共10美元」。老太太就是那個Mary，她說自己的老姊才去世，她還說她也要走了。

好像5塊錢就輕易擄走了Mary三〇年代最琳琅叮噹的少女時代，有點罪感似的，付了錢，我便惶惶捧著一紙盒老貨飛也似離開了。回到家，才靜心翻閱起來，好似敲門不應便徑直闖入了一間塵封難掩芳菲的後花園。第一頁貼著一個木頭的霜淇淋勺子，木柄上用黑鋼筆字寫著「May 25, 33」（1933年5月25日）字樣，鉛筆字註解著「Honey's Treat」（我親愛的請我吃的），木勺旁配了一朵煙紅的乾燥花，當年的笑落披紛和霜淇淋香任憑舊紙張也阻擋不住。

那個時候出遠門不易，少女Mary常常爲小鎮旅店的一晚借宿而雀躍不已，小心地保留著每一個曾經借宿過旅店的信箋，看位址都只是奧克拉荷馬州的，我想這個女人一生中走過最遠的地方可能也就是貼隔壁的德州了吧？

Mary 1927年時獲得的國中畢業文憑

Honey's Treat，霜淇淋勺子遇到乾燥花情狀

剪貼本裡有一張誇張名片卻讓我吃吃笑，名片的上端印著「1500萬美元是我的夢想，愛我世界便是你的」，然後是其人大名，底下印著某某批發零售商的身分，噱頭還沒有結束，名片最後再濃妝豔抹印一句「愛你，無數的吻和最更新的擁抱」。

這樣一張看了讓人雞毛疙瘩起來的厚顏名片，可能來自一個開車兜售商品的流動銷售員，名片背後還留下了他花巧的親筆簽名，簽得很用心思，首字母畫得像一個嬌嗔的少女，末字母看似個憨厚的漢子，這些花招可能來自於銷售員培訓中學來的技巧。Mary和那個叫Douglas的銷售員之間最終可有什麼漣漪不得而知，也許在無比單調的穿街走巷銷售旅行中，他拋下了一張張令小鎮少婦砰然心動的卡片，他們之間不免會有一兩杯酒或咖啡的際會，偶爾Douglas們可能也對Mary們動過真感情，不過最終難免灰飛煙滅，唯有這一紙帶有調情意味的名片捕風捉影般地躺在剪紙本裡，直到六十多年後，才由一個局外人無意發現，八卦著其中到底是風花雪月還是搞七拈三。

二三〇年代奧克拉荷馬的學校和法院以及德州風景明信片，國家公園門票

MERRY CHRISTMAS, SWEETHEART
May these good travelers three,
Health, happiness and prosperity,
Be guests of yours on Christmas day
And from your fireside never stray.

Mary精心收藏的聖誕、生日賀卡

一紙帶有調情意味的名片

1922年，Mary的
媽媽在情人節送
給女兒的愛心卡

從剪貼本中可知，Mary曾在法院擔任書記員，她收集了很多案件進展的剪報，那是小鎮唯一有荒蠻相的刺激，什麼「一黑人因謀殺判處十七年徒刑」，「謀殺女孩的兇手失手傷己，不治身亡」，「某橄欖球後衛遭綁架，被脅迫擦去他留在路上的記號」之類，驚恐的報導旁卻離奇地配以繁華似錦的聖誕卡，摩肩接踵地挨著，也算是一個生活平靜甚或無聊的法庭書記員可以爲自己安排的最幽默的腦力激盪。

老太太把一屋物事清空以後，她將搬到老年公寓去了。那裡交了費，每個星期管十頓飯，週末通常自己解決。那本剪貼本今生恐不會和主人重逢了，至此將一直踉踉蹌蹌地與一異國生人同行。每次重閱我都不免慨歎，任何一段久遠的平凡生活，假以時日地傳下去，不免竟成爲傳奇。我只望老太太和她心中所想一切都好。

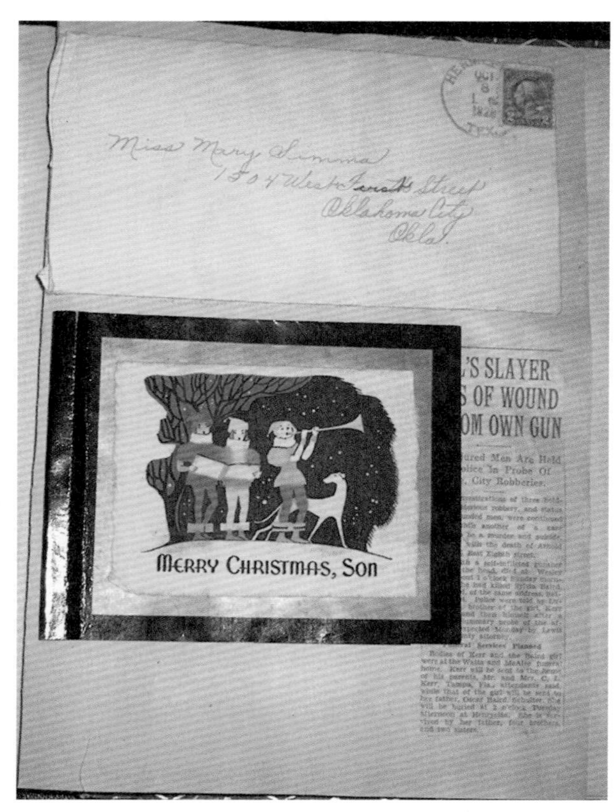

緊挨著聖誕卡的剪報上寫道：謀殺女孩的兇手失手傷己，不治身亡

Central State Fullback Kidnaped and Forced To Scrub Signs From Walks

City University Students Abduct Rival Player And Then Watch Him Erase Football Taunts.

A fullback from Central State Teachers' college Monday was set to the ignominious task of scrubbing into oblivion signs painted on Oklahoma University campus walks.

It was the signal for the formal opening of the traditional hostilities between Central State Teachers' college at Edmond, and Oklahoma City University preceding their annual football contest.

Cheers From Sidelines

Cheering him from the sidelines as he scrubbed with brush and soapsuds were the Oklahoma City students who early Monday on discovering Central's name printed on her walks, motored to Edmond and kidnaped the football fullback, Buck Wade of Cushing.

They were: Homer Smythe, Wayne Parker, member of the Oklahoma City University football team; Miss Catherine Cooners, Ernest Whitman, E. Kunze, Hugh Zenor and Cecil Chan

Hoist Colors, Too

Central's colors which waved on lo... from the top of the Oklahoma City University's flagpole inspired many students to climb to the top and drag it down. On discovering the pole was greased, it became a contest. Chuck Wheatley finally brought it down.

Last year O. C. U. chartered an airplane and flew over Edmond, dropping bills which declared "Beat Central." The previous year O. C. U. students had signaled defiance by placing their flag on Central's flagpole. One year they brought the clapper from college bell and returned it to Central students between halves.

The football game will take place in Oklahoma City Saturday.

又是一張如花似錦美人兒旁貼著一張有關綁票的剪報

10. 等待回家的日子

因爲朋友搬家，我認識了中國人開的搬家公司派來的搬運工老李，因爲老李，我得以瞭解了一個特殊的在美華人群落：

「老李們」很難算得清楚自己可以回國的時間，因爲這將取決於他們的存款是不是到了打開始就設定好的期望值；可是確切地說，老李們在美國又沒有存款，因爲每個月他們都要準時地寄錢回家，家裡需要這些綠色的鈔票還債，開銷，然後漸漸地會有一小部分一小部分可以另外存起來用來構築回家以後的生活……。

老李們在美國沒有申請信用卡和駕駛執照所要求出具的社會安全保障卡，所以他們不能申請信用卡、銀行帳戶、駕照所有這些與信用有關的東西，所以在少見紙鈔的美國，他們所有的交易都不得不用現金完成，包括從雇主那裡領到的以小時計算的工資和匯去千里之外的家鄉的錢鈔……。

老李們花了不少時間才把那些大小無異顏色相同的美金紙幣和硬幣搞清楚，可是他們還是沒有辦法和顧客交流。雖然他們好不容易學會了一些基本的對話，可是僅僅限於他們先開口，一旦顧客回答了，不是聽不懂，就是答不了。

老李們往往要經過很長一段時間才會變得大膽，員警經過身邊也不做賊心虛。他們之中有的搞了一個假的綠卡或者身分證明，有的索性把護照給撕了扔了，這樣萬一被移民局官員查到的話，因爲沒有護照，他們就等於是一個沒有國家的人。沒有祖國的人無處遣返，頂多被關上兩天，等又有新人來了，只能把他放出來，想來移民局那邊的拘押室也是很緊張的……。

舊金山的唐人街就是樂子！滿目彩旗招展，每到中秋元宵總有大型街會和喜慶遊行

唐人街常見的熱情布條

老李們得非常當心自己的身體，在這幾年間可千萬不能出什麼問題，小病小災的挺一挺就過去，如果不幸地染上重病，因爲沒有醫療保險，他們顯然不可能支付美國昂貴的醫療費用，於是就只有回國一條路。可是那個時候，無邊的債務還沒有還清的話，回國又哪有臉面，又怎能甘心……。

老李們通常上有老，下有小，他們沒有什麼機會上網，也不會發E-mail，他們只能依靠在唐人街買的通話品質不高卻價格低廉的電話卡維持與國內的聯繫，每次重複的是相同的話，「這裡的生活很好，你們放心吧。家裡還好嗎？」他們在這些日子裡好像寫完了一輩子的信，突然發現自己怎麼變得那麼多愁善感，眼淚每一次不由自己地在眼眶裡打轉……。

就這樣，老李們就好比塵煙一樣地生活在繁華的，他們相信很容易弄到錢的異國大城市裡，時時刻刻蕩漾在空氣裡，卻又找不到痕跡。當有一天，老李們終於可以踏上回鄉之路時，他們不會留戀；而即使留戀，他們

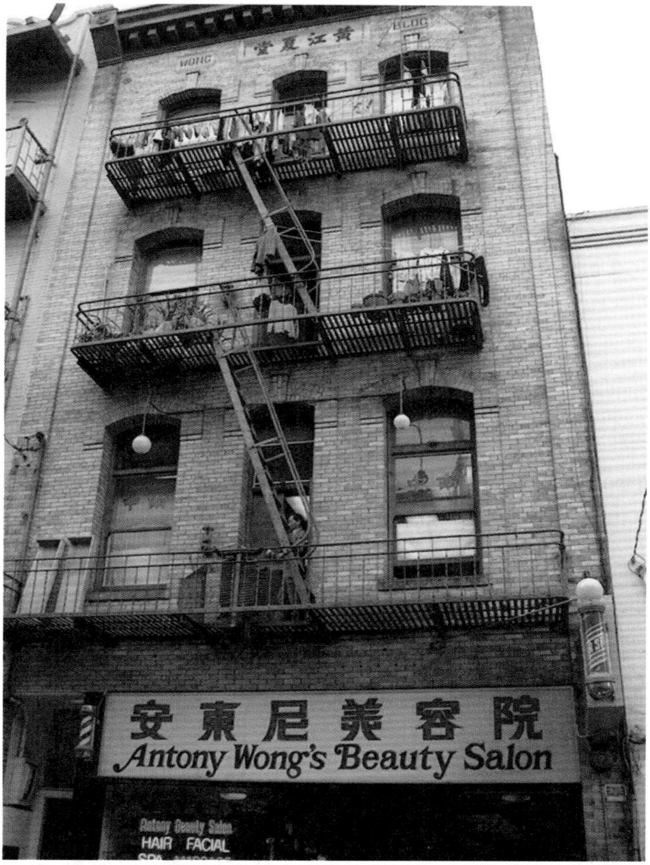
WONG
BLDG
安東尼美容院
Antony Wong's Beauty Salon
Antony Beauty Salon
HAIR FACIAL

NORRAS TEMPLE

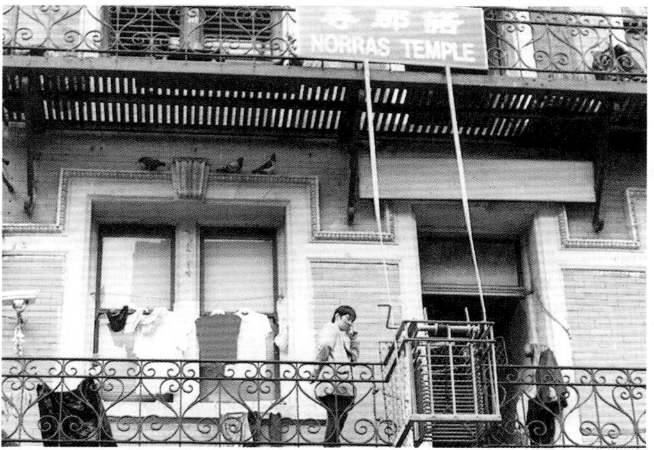

唐人街典型打工仔宿舍

也再也沒有機會回來。按照美國最新移民法規，持任何非移民簽證逾期居留如超過一百八十天，三年內不准入境；如超過一年，十年內不准入境……。

老李們是誰呢？老李們並不是偷渡客，老李們在機場入關的時候，向美國的移民局官員出示的是「B-1」商務簽證，因此老李們多半是西服革履開始他們的淘金之旅。與偷渡客不同，老李們很多是來自於大中城市，在國內的工廠裡有一些輕鬆的卻沒有很多收入的工作。老李們需要安全而沒有風險地出國，有個仲介就出來說用「B-1」簽證出去吧，這個很安全，也好辦，拒簽咱也不怕，一次一次地去，還怕簽證官不給嗎？

「B-1」簽證對很多人已經不陌生了，它是用於去美國從事短期商務活動所需要的簽證類型。申請「B-1」簽證需要向簽證官出示發自美國邀請方的邀請函，表明訪美目的和在美國停留的時間，以及由誰來提供所有的費用；證明在中國的公司的眞實性文件；證明與美國邀請方關係的檔；證明申請人個人情況的檔，如結婚證書、在職證明、銀行存款證明、工資單

唐人街的中藥鋪

等等。該簽證爲三個月內一次有效。在審核「B-1」簽證時有一條準則：申請人必須有短期暫時停留後必須回國的不可分割的社會、經濟和其他關係。仲介的服務就是炮製這些檔，其目的是將申請人打造成一個不令人生疑的短期出差即回的生意人。

於是老李，這篇文章的主角，月工資人民幣400的原遼寧一國營工廠的工人，舉債人民幣15萬後，在仲介的包裝之下搖身一變爲一個雄心勃勃開發北美市場的成功企業家，踏上了一條「等待回家」的離家路。

當這個長相憨厚的東北人托人辦那張他一生中唯一也是最後一張的商務簽證的時候，他知道自己已經沒有退路了，全家三代人開始等待著此行將帶來的命運的逆轉。鄰裡早幾年出國又回國的那些人有的當了飯店老闆，有的開始了自己的生意，在無數次登門求經中，過來人向他描述了繁花似錦的美國淘金生活。老李說自己並沒有誇張，當時他們就是這樣跟自己講的，說那個地方還眞的遍地是黃金，也眞的有人就篤信不疑了。帶著改造生活的憧憬和迅速致富的信心，老李交了錢，親戚朋友倒都很樂意借錢給他，因爲大家也深信無疑，這是個小本大利的可靠買賣。

老李還是應該値得慶幸，沒有偷渡客九死一生的歷險，就連簽證也是一次過關。老李說，可能是那才買的新西裝起的作用，就連老婆也說眼前一亮了。這套西服除了簽證之後進美國海關穿過一次以後，就再也沒有機會上身了。他現在身上的衣服鬆鬆垮垮的，是家裡附近的教堂拿的，不要錢；老李沒有宗教信仰，可是卻記得比誰都清楚每月第一個週日的中午，早彌撒以後有免費的午餐，每個週五晚上如果參加那些聖經學習班的話，還有免費的茶點和水果，有時候週三中午或者下午也有好東西可以免費吃。

老李每天穿行在舊金山的唐人街，走過一間間散發誘人香味的港式糕餅店和中餐館時，他總是下意識地加快腳步，因爲這些味道喚起他初抵這裡的不愉快的記憶。那些老廣東、老閩南開的飯店的雇員從上到下都是講廣東話或者閩南話，沒有人聽得懂他的普通話，老李才知道打工最重要的語言障礙竟然不是英文，而是那些老華僑的方言。而住，則是和那些在餐館洗碗的墨西哥人擠在鳥籠一樣的宿舍裡，人家人多還是他吃虧。捱了兩個月以後，考慮再三，老李辭了工，幹上了現在這份搬家賣體力的活，直到現在。雖然收入少了，也不包食宿，但是老闆娘是東北人，一起幹的也都是北方人，老李在這裡不圖其他，也就想有人可以說個話了。

我幫老李算了筆賬，看他什麼時候可以衣錦還鄉。老李現在的工酬是8美元一個小時，一週一般可以幹上四十個小時，再加上每幫人搬一次家，平均有20美元左右的小費，有時候，運氣好，還能在週一到週五找到一些小零小碎的活計。因爲都是非法的現金交易，就逃掉了個人所得稅，

舊金山街頭即景

所以都是自己的純收入，這樣一個月可以有1800美元不到的收入，扣除房租、食物、公共交通、電話通訊等基本生存費用，一個月淨收入1100美元左右。這樣他需要兩年不到的時間還清借款和利息，至少還要八年的時間才能實現他原來設立的「百萬富翁不是夢」的夢想。有時候他想50萬，有50萬人民幣咱就收手了，可有時候做了一戶好人家，拿到一筆不錯的小費，攬到一份輕鬆的散工，他又不由心眼活動起來，既然來一次不容易，花了血本，怎麼也得讓收益達到最大吧？老李幾乎天天要算一下該賺多少才夠，然後再倒著推算這樣還要幾年才能回家。天天這樣算來算去，反倒沒有一個準頭了。可是誰又能肯定他捧的是鐵飯碗呢？目前美國有六百萬的非法居留者，而且正以每年二十七萬的數字增長著，他們都是老李飯碗頭的有力競爭者。

老李到美國以後，沒有去過任何一個風景名勝之地遊覽，一來節省，二來，說實話，沒有人帶，他也不知道這些地方在哪裡，應該怎樣坐車去，萬一迷路了怎樣問路回來，說不定，運氣不濟，碰到個吃飽飯沒事做的員警，那麼就麻煩大了。生活在美國最美麗的城市之一舊金山的老李，所看到的北加州的風景，也就是那條最單調的101公路的沿線建築和那些顧客們離開和入住的舊房新房。

老李在美國唯一的留影是一張工作照片。那天他幫一對美國老夫婦刷房子，於是他們爲老李拍了一張照片。雖然他對自己這張衣衫不整，油漆斑駁的照片並不是很滿意，但最起碼自己在照片上正幸福地微微笑著，是那種一般親人喜歡看到的臉很清楚的大頭照。於是他還是很興奮地把照片郵寄給了家人，並且在信裡說，這是我的工作照，但是週末星期天，我們都是玩啊玩啊，和老鄉一起，樂得很呢。

老李最後跟我說，「等到回家，我還是會對每個人說，這個地方好啊，有多好？想想吧，眞的是有金子可以撿的。」不知道到那個時候，有多少人會相信他呢？不過我相信，老李一定會穿上他那件當時穿過來的好衣服回家，一進家門，是那聲，「翠花，上酸菜」。

也許，所有的辛酸也就在此刻，都融化在這一碟子酸菜裡了吧？

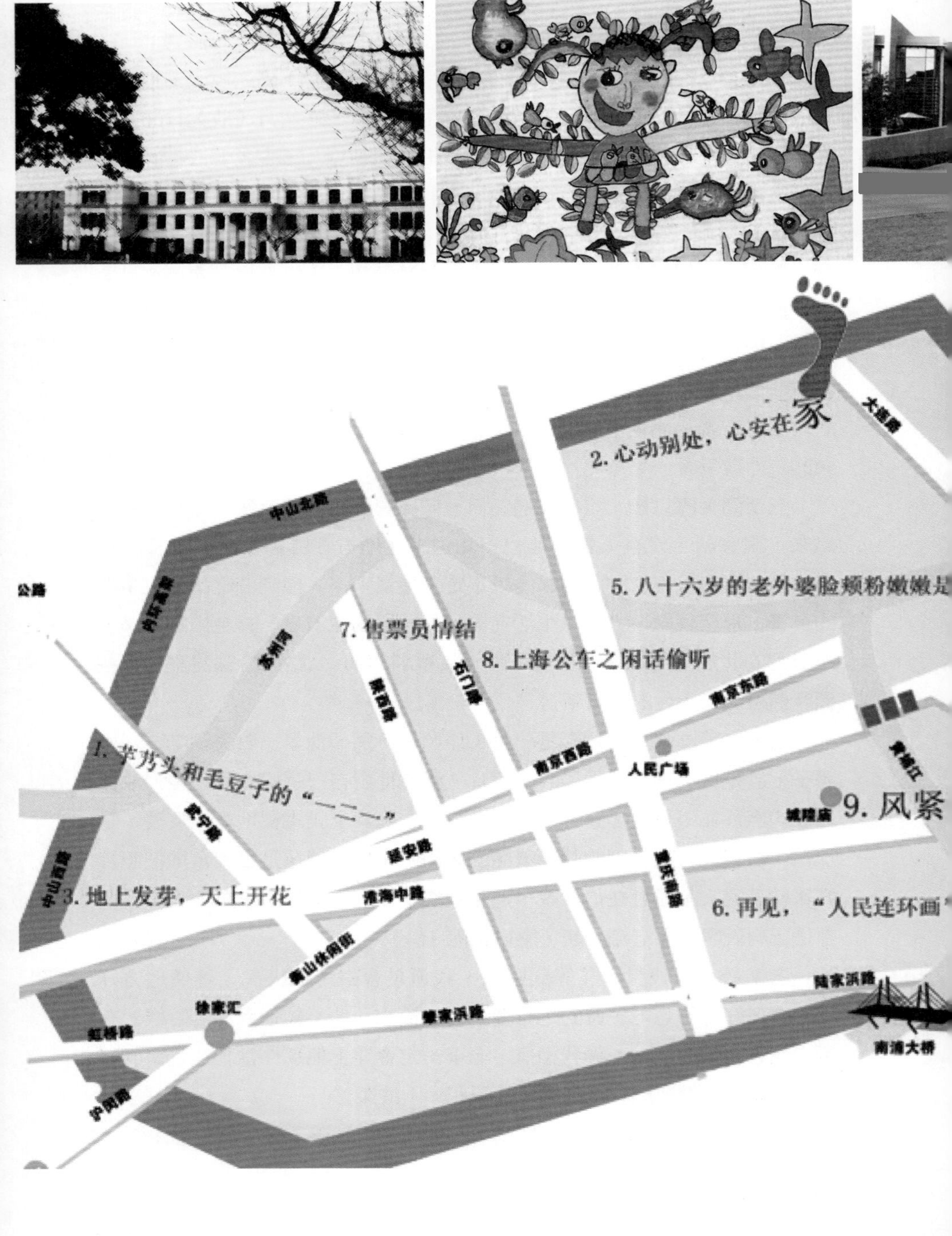
2. 心动别处，心安在家
大连路
中山北路
公路
内环高架
5. 八十六岁的老外婆脸颊粉嫩嫩是
7. 售票员情结
苏州河
陕西路
石门路
8. 上海公车之闲话偷听
南京东路
南京西路
人民广场
黄浦江
1. 芋艿头和毛豆子的“一二一”
武宁路
城隍庙
9. 风紧
延安路
重庆南路
中山西路
3. 地上发芽，天上开花
淮海中路
6. 再见，“人民连环画”
黄山休闲街
陆家浜路
徐家汇
肇家浜路
虹桥路
南浦大桥
沪闵路

第四站>>
上海
——溫暖出走

現在—開始—打掃—車廂，
現在—開始—打掃—車廂。
前方—是—本次列車終點站
—上海。
請旅客們準備下車了，
不要忘記隨身攜帶的物品：
一點老照片，一疊連環畫，一臉小淚花，
芋艿頭和毛豆子的舊年華，一把偷聽來的閒話，
下一班溫暖出走後的返鄉列車不定期還會到來。

溫暖出走時必備＝“的的篤篤”的上海閒話＋表揚時一記“哈靈”＋揶揄時一聲“油”＋驕嗔時一句“老怪額鬧”＋屋裡廂的那張大床床沿，記憶裡，鋪了塊格子布，那是讓客人坐的。

1. 芋艿頭和毛豆子的「一二一」

一切終將溫和靜止

——謹此獻給所有青春期一路過來的芋艿頭和毛豆子們

和芋艿頭在外灘東風飯店旁的那家「肯德基」告別，距今已經是好多年前的事情了。

那還是上個世紀末的某年1月，上海隆冬暗夜之前的昏黃，這座城市性感的骨子已露端倪，而用悲情形容一個城市已經成爲時髦。在外灘那個美麗的轉角，我們適時地深深擁抱，像女中的孩子們表達悲壯感情時常常會做的那樣。街頭路人各種質地的風衣飄搖而過，無人回顧我們在無聲處

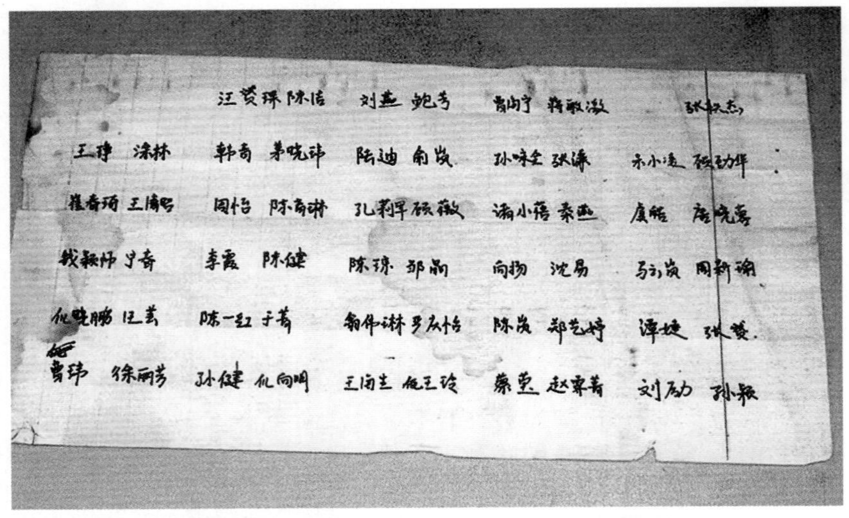

在潘老師辦公桌的玻璃板下壓了十年的高三座位表，當他有必要使用它的時候，他其實並不需要它；當他再也沒有必要使用它的時候，他才開始真正地需要它

母校的走廊——我們的少女時代便日日在宋氏三姊妹的目光下來回奔跑光了。母校的前身中西女塾也是三姊妹的母校

安靜的抽泣，這個年代，在大街上癡頭怪腦的女子已經開始屢見不鮮。我們又及時地扔開了對方，女孩子東南西北各自而去，鴉鴉無聲。我不露聲色地回頭，沒有碰到她的，我想她也一樣。我們的默契，已經能夠讓彼此知道，回頭的時候，不要碰到。

爲了淡化要送我去遠方的離愁，我們挑選了這間生長發育年代最熱愛的店堂。曾經有一段時間，大家很嘴饞又囊中羞澀，總是熱烈地盼望著任何一個男性可以請吃「肯德基」，然後便拉扯上另外一個齊齊殺去。工作以後每每想起那節來往嗔笑互斥著當年的品位低下。所以，爲了告別那個所謂卑微的年代，便只有殺回這個地方，權當是掃墓的情形，那過往的已深埋地下，但遺留的精神仍值得瞻仰。

<1>

十二歲那年升初中時，我，毛豆子，認得了芋艿頭，伊當年身穿前胸和領子都滾著小花邊的白色小紅點襯衫，及膝百摺裙，乖巧巴結的長相。芋艿頭當時總和她母校的一干小姊妹們呼嘯著同進出，是對中學新環境如魚得水的囂張，這便令慢熱的我有點惱火。

可能終其實，我是不喜歡那個環境。當年上海第一次試行小學生直升重點中學，直升的小學生們在5月間就提前到保送的中學上課，我來自一所很普通的小學，而直升班的大部分來自重點小學，她們往往物以類聚地親昵著。唯獨我，不認識誰，也怯於認識誰，灰頭土臉的，老師更暗示著要將一部分不合格的直升生退回原校，我接受暗示地認爲我最終將被打回原形，於是更懶得結交這個可能短命的友情。所以我有點敵視那些成群結隊快樂著的人，芋艿頭是其中一員，便連帶一起打倒進去。直到後來我才知道了，芋艿頭其時也是吃力地扛著一副快樂面具，藉以掩蓋下面那張哭

芋艿頭長大了

出嗚啦的臉。她也打心眼裡討厭周圍每個人怎麼都看上去那樣咋呼和結棍*，也隨時惟恐要被淘汰而丟了母校顯耀的臉。因此她試圖和她本也不甚喜歡的小學同學結伴，獲得某種物理上的安全感。

我們終於互相諒解，我們終於互相喜歡，那緣起於初一的一次留夜學。我們都在小測驗上得了「D」，被英語老師當衆宣布兩人必須留夜學補課以跟上進度。我們都覺得這是奇恥大辱，從此以後，便在心底裡不很喜歡那個普受愛戴的老師，當然這個事實只有我們兩人悄悄知曉，因爲我們畢竟都那麼地害怕發出哪怕一眼眼和大衆不同的聲音，我們多麼盼望因爲從衆便也被大家同樣地喜歡。正因爲此番遭際，我們倒是因禍得福地惺惺相惜起來，童年時的友誼很多時候也源於對第三方的共同惡感，耿耿的青春年代，憎惡和歡喜都在一念間，一轉入到姊妹淘裡，心存的芥蒂早忘精光。

<2>

少年世道就是這樣，因爲各自的姓，我們還被攤派上芋艿頭和毛豆子這樣匹配的綽號。我有恣肆無忌的傻勁，芋艿頭要發也發不出，所以她喜歡我，與之交往安全純粹。芋艿頭在弄堂裡的外婆家長大，要和阿姨舅舅表弟表妹鬥智鬥勇扮乖巧才有得立身之地，這點受父母慣寵的我也無從想像，所以我喜歡芋艿頭，與之交往實惠堅強。

那個時候，我們因爲簡單的理由而大聲尖叫，我們因爲陰謀的得逞而手舞足蹈。下午五點時分，我們守候在窗戶後，冷靜而迅速地彈出一粒粒被數學老師寫禿的粉筆頭，五顏六色的飛彈在三樓下他的小紅帽周圍飛舞，我們縮回頭，竄到走廊上大聲尖叫，手舞足蹈；那個時候，我們的話題不常涉及愛情，講得多的倒是老舍監的左眼好像是假的，盯著你看的時候老嚇人的；小舍監的兩道眉毛肯定是後來自己畫上去的，看上去蠻妖

---

*咋呼和結棍：上海方言。咋呼：說話嘰嘰喳喳聲音很響，話很多，很囂張的意思。結棍：指很厲害、很有本事的樣子。

的。即使講到愛情，頂多是胡亂猜測一下誰會率先結婚，被猜的那個一定會惡狠狠撲將過來，咬牙切齒道「打死儂，勿許瞎七八搭！」眉眼之際眞是有點兒既羞又惱的樣子。那個時候，結婚似乎是個有點風化的問題，好像誰沾上了邊，誰就是落了俗套一樣。那會兒的新娘子都把長髮剪短，燙成串串的過耳圈圈，穿大紅的制服式西裝，令我們恐懼地動容。

女中的孩子沒有同齡男生可處，所以女中裡結下的友誼很純潔，很少男女私情，亦不會因爲不幸喜歡上同一個青頭男生而反目成仇，現在想來倒單是像幼稚園裡的孩子那樣的素面朝天。但是卻或多或少地對男老師們有著遐想，卻又因那些老師實在是做父親的年紀，怎好意思大開心中的那個月光寶盒？直到十年後，我才可以完全自然地戲問起芋艿頭，當年可曾也喜歡過老師？印象中芋艿頭一直是上海話說來很有輕頭，也就是很懂得分寸的女孩，從小寄人籬下，從六歲到十八歲，每年寒暑兩次去青海探父母，從上海到西寧的鐵路線上單身一人，從衣頸處散發乳香的小蘿蔔頭出落成渾身檀香洋溢的亭亭少女，也在那每一次厭氣的兩千四百公里漫長旅程中，不斷告訴自己此生唯一的目標便是要給父母在上海買一間房子，等他們退休返滬，一家三口且團圓。因爲這些印象，我便總有錯覺芋艿頭是心無旁騖，身負實際大任的，怎會去做那戀著老師之類沒有前途沒有結果的事。結果卻是大跌眼鏡，我道「你竟然會喜歡這個矮矮圓圓，你老是要拔他自行車氣門芯的？」「你竟然會喜歡那個戴小紅帽的，那怎還用粉筆頭猛砸？」呵呵，往往那個被經常用怨懟口氣提起的，便是誰的標的物啦，這便是小女生的硬道理。大家都是覺得當年的眼光眞是好笑，而這麼多年後才有勇氣打開這個早已光芒溜盡的寶盒卻也只有女中裡頭長大的孩子才有的矜持好奇和鄭重其事吧。

<3>

芋艿頭和毛豆子這對中秋佳節的絕配一起成長，竟然有本事從念同一所初中開始，同一所高中，同一所大學，也報考同一家的單位，當時我們的生活就能有那麼共同的目標，好像殊途同歸端上中秋餐桌的那兩道小菜。我先直升了大學，芋艿頭便也報同一所學校，還怕我的專業太好，惟恐考不上就連這所大學也進不了，便報考次一級的專業，結果當年她是我們中學的文科狀元，考分可以進復旦大學最好的文科專業，我替她惋惜，覺得是我拽了她的後腿妨礙她攀高枝，可是她卻是興高采烈於我們終又可以在同一系上學，儘管不同專業，但很多基礎課是可以「一二一」一起上的。當時大家的印象便是如若單飛，便是公然地要自立門戶的錯覺。

進大學不久，衝擊芋艿頭和毛豆子「一二一」的第一次考驗來了。芋艿頭收到了邀約，來自我的同班男同學，想約她去岳陽路的音像資料館看內部資料片《巴格西》（*Bugsy*）芋艿頭是滿心歡喜的，但又耽於我的感受，那是我們倆面對的第一次約會事件。女中畢業的孩子對於男女事體總是晚熟，因此將此看得緊張而鄭重，接受一次約會便好像就是要嫁出去一樣。我當時是惆惆悵悵的，覺得我的芋艿頭就此要和所有戀愛裡的俗世女子一般，癡頭怪腦亦步亦趨地跟著那些毫無優良氣息的小男人而去。但仍是強笑著鼓勵芋艿頭去啊去啊，說那個男生是我們班上最有氣質的，像那個台灣影星徐乃麟呢！芋艿頭將信將疑地赴約去了，我想即使當時我說那個男生怎樣的不是，芋艿頭終究還是會去的，畢竟，我們終於開始逼近一個小徑分叉花園的入口。只是我們當時還不自知，我們一直以為自己是原地踏步著的，而沒有意識到我們腳踏的那塊地卻乾脆自己挪動起來，像傳送帶一般，即使上面的人想倒著走，還是終究趕不過前進的隆隆聲。只記得那晚我怪神思恍惚的，老算計著那兩人該到哪一步了，或者最終如願以償的相看兩厭了，《枕草子》那本書裡列舉擔心的事種種，其中之一是「新來的傭人，什麼性情也不知道，拿著重要的東西，差遣到別人家去，回來卻是很晚了。」那個男生便好像是那個新來的傭人，攜走了我的重要東西，回來卻是很晚了那樣。怎不令人擔心。

成為一個塑造者，成為一個安慰者，華師大文史樓的側門帶你拐到了捏著印有父母工作單位的搪瓷飯碗飛奔食堂的年代

我在芋艿頭回宿舍後在樓下扯起喉嚨喊我的那一刻前（我們多年來養成一個習慣，芋艿頭上樓見毛豆子前，喜歡在樓下這麼吊嗓子般地先喚一下，然後才上樓找人，勾魂一般的），及時地從視窗撤到屋裡，甩了甩因爲托腮而發麻的肉掌，一聽到交喚，便又如踩厚底官靴般踉踉蹌蹌搶回窗臺，看著芋艿頭粉臉一撲一撲地跳，手裡一包定是吃剩下的「肯德基」朝我一晃一晃的，示意爲我留的，我便知道那事終是成了。我最終沒有想像中的死樣怪氣，邊用心啃著雞拐彎，邊傾聽芋艿頭錄播的整場戀事，我連坐著看電影時，背脊骨是僵硬著的還是鬆弛著的，雙方各吃幾個雞翅，告別的姿勢也問到了，終沒有什麼可疑和可憾的了。我們當時是到了那個年紀，那個老是擔心變化，當眞變化來了，我們也就和諧地變化了的年紀。那是芋艿頭第一次眞正的懷春，她怕這一談戀愛就會冷落了我，讓我就此落單，於是她談戀愛還老想著我，老拖著我，弄得有一段時間人人都以爲我們正談著一場不倫不類的三角戀愛。

<4>

大學畢業那會，我們先是同時報考當時熱門的某國營銀行，竟然齊遭拒絕，唾棄之，便轉而投奔外商會計事務所。結果沒有進同一家，而是各進了當時六大會計事務所中的兩家。我們有一點遺憾，然後互相安慰，覺得這未嘗不是一個好的結果，同在一家工作單位未免互相競爭，易傷感情，不如各做一家，還能互通有無。芋艿頭和毛豆子的好處便在於總能自圓其說，互相安慰，將所逢的不順心境遇描寫得頓如良辰美景，心神亦是一振。

會計事務所這份工作著實是項苦差事，需要全中國的苦跑，全日制的死做，我們兩人今天你在無錫，我在蘭州，明天又是你在青島，我在合肥，即便同在上海，也是披星戴月的加班，殊難見到。那段學生意的日子眞是苦不堪言，常常半夜三更披頭散髮，眼神淩亂，結論是女亦怕入錯行啊。女兒家久在一起廝混的，週期便都會相近，當時我們已經隔了遠了，

成為一個塑造者，成為一個安慰者，華東師範大學文史樓曾經是個作家輩出的地方……

仍然會如期同時而至，並同爲頭兩天那吊心撕肺的隱痛和無可抑制的煩躁而懊惱。有一個半夜，各自在不同的城市趕工，便開始互相發E-mail訴說症狀，我向芋艿頭回憶起初中那會兒，從來沒有對生理衛生課認眞，可能和上課那個時候我們都還沒有來月事有關，坐在那裡和其他已經有經歷的同學一起聽講，就像對一個還未達育齡的女孩子宣講結紮知識一樣的茫然。於是我們倆便開始戚戚嘈嘈地開小會，整個課堂裡都是那個本來教動植物學的老師，用講單細胞草履蟲的單調聲線反覆著月事的重要性。那堂課上，我現在唯一能記起的是：如果女生來月事想洗澡，最好坐在痰盂上洗。這個說法著實有點恐怖的實用，也有點萎瑣的好玩，特別是想像著甜蘆粟般乾瘦的老師坐在老式工房裡的浴缸裡，墊著痰盂洗盆浴的情景。當想到這節，我們對著電腦隔著百多里路，同時迸發出沖水一般的嘩笑。當時的情形，便好像大家本來還浸在歌仔戲裡那一曲接連一曲的無窮瓢潑哭調裡，突然頭上張開了一把小粉傘，輕易地便轉愁爲喜了。討論不入流事的至高境界是談起，而與聽者有共通回憶，眞是可遇而不可求，此時的心情唯有「貼心熨肺」一詞可以形容。

<5>

女性朋友間的成長眞是有趣，有一段時間其實是缺席了，大家或各自奔忙於剛開始的工作，或忙於男朋友了，或乾脆只是神魂顛倒去了，便漠然疏冷一陣子，然後總會不知不覺又回轉過來，因爲二十三四的女孩子心最硬，主意最大，花心初開，所以一開始有點膨脹難以自制，但漸漸終會因一些特殊的事件終又重走到一起。記得那段時間裡，芋艿頭和男朋友之間發生了一個大事件，她誰也沒有告訴，草草處理完畢，三天後便強打精神地又去出遠差了；而我也是爲了一段無法割捨又無法停止自責的感情而惶惶不可終日。本來雙方都覺得自己這件事做得極其沒有底氣，也覺得有負對方的期望，還有和常規道德背道而馳的心驚膽戰，所以一開始都沒有敢和對方講，但是好像不講便是更沒有出路了。於是有一天芋艿頭說我有一件事要和你講，我說我也是。然後未開講便已泣不成聲，好像沒有告訴對方這件事本身便構成了十字架重負中的那一槓子。儘管知道最終結果還是自己扛，自己要怎麼做也是一早便決定，很難再變，可是一旦說了出來，便終可以盡情發洩滿腹小孩子般的委屈。曾讀阿城在談電影《戀戀風塵》觀感的文章裡如是寫：「少年歷得風塵，倒像一樹的青果子，夜來風雨，正耽心著，曉來望去卻忽然有些熟了，於是感激。」念完後當下泫然，想到和芋艿頭便也是這樣的情形，每次爲對方新遇到的困擾而擔心，正苦於不知道怎樣助對方渡過才好，轉身再望去，就有了那種「夜來風雨」正擔心著，曉來望去卻忽然有些熟了「於是感激」的心情。其實我們都瞭解，按照各自的性情，基本上勸也白搭，就只有傾聽，解了委屈，便是盡了誠心。

尙記得那天，本來兩人因爲很久沒有碰面，相約窩在家一起看電影《甜蜜蜜》的。黎明喑啞地唱著那氣若游絲的片尾曲，「……在哪裡，在哪裡見過你，你的笑容這樣熟悉，我一時想不起……」半路中途歌聲輕了下來，才發現芋艿頭嗚咽起來，我便也自顧不暇，兩個人坐著各哭各的。一時間屋子裡灰霧彌漫，和「好像花兒開在春風裡，開在春風裡……」撞個正著，便霧影聲音的捉對廝打開來。

<6>

又過了一年，我終萌生出國的念頭，鑒於我一向的花頭百出，芋艿頭一開始沒有意識到這是個堅決的行爲，直到有一天我拿到了美國學校的錄取通知書，興興騰騰的要開始簽證。芋艿頭當時是鬱悶的，雖然嘴上只是一個勁地爲我高興，因爲知道這是我想要的，但是我一直知道，她心裡很鬱悶的，好像我這就是賣友求榮，去過一種不切實際的生活，還不講義氣地將她拋下，而她就連當年初戀的時候，都是時時拉扯上我的。恰在此時，我出國之事遇到一點麻煩。

我們時代的大學LOGO

記得曾在義氣之下，借給一個我們共同的好朋友數目很大的一筆錢，那是我用來出國的錢，說好是給她男朋友調頭寸的，應該三天後貨款回收就可以還。那是一個大家都很熟的朋友，這麼懇求的借錢，拂人面子的事我很難做出，便給她調頭寸，借據之類也不要。要借據之類的事當時對我來說，便好像是要我開頭向人借錢那樣的侷促。結果三天以後應該還錢的日子，她推說又要一週了。我本來已經爲在三天時這一問鼓足了勇氣，聽到那一週的承諾，便好像是討得了說法，便如釋重負地再等她一週。跟芋艿頭說起，她當時便拍案而起，說做人怎能這樣沒有誠信，還坑的是自己的朋友，推三阻四其中肯定有蹊蹺，他們自己更還住在一月房租1000美金的地方，而你是要等錢出國的。於是要我一定盯緊，我卻是面露難色，好像失信的是我，芋艿頭便只說，這錢，我來幫你追罷。然後她眞的是天天電話，圍追賭截，這個和她原本關係不錯也無利益衝突的朋友決計是不要了，一個多月以後終於把一張支票交到我手中，說這下你總算可以簽證去了，然後眼圈便紅了。她總是說，我不會去機場送你的，我只來接。

<7>

我出國終也好幾年了，我們也都眞正成年了，我們也都成家了，連追著要管我們的父母也開始無奈地要被我們接管了。眞正成年後，看周圍的女人們都有了很現實的問題要擔心：祖父母們相繼謝世了；父母得各種令人心焦的病了；自己的感情生活有問題還沒有解決好，父母那邊又要離婚了；一不小心便自檢出乳房腫塊了；例行婦科檢查出巴氏塗片結果異常，怕是要得子宮頸癌了；千方百計才懷上的嬰兒又流產了，以前不該有的時候怎麼這麼容易就來了……，擔心的事情層出不窮。小時候擔心的事算起來比現在多，小時候天天抱怨著，可是知道那些抱怨總會過期，比如考試結束了，老師調走了，春節終於來了，朋友賠禮道歉了，等等，現在擔心的事數量是少了，可是重量卻大了，只擔心一件事便可以把你壓死，天天惶惶。

芋艿頭也開始有很多擔心事：父母是終回上海了，住上了她為他們買的房，可是父母間卻開始頗多齟齬，印象裡和藹寬和的父親怎地變得有點聒噪？媽媽又有了高血壓，馬路上有點吵，就睡不著覺，得為媽媽再買一間安靜的屋子，換掉這間吵鬧的屋子，芋艿頭才張羅好所有的分期貸款和自己每月的現金流量，現在又找到一件夠自己折騰的使命了；上班忙的時候，芋艿頭常常憋著不上廁所，一下班才忙開就又該是闔上眼睛的時候了，週末則忙著準備那些來自英國的專業考試；沒有升上職吧不服氣，一升上卻又深恐無法勝任；那大學裡一路跟來的丈夫的成熟速度始終無法比得上期望；要孩子還是不要孩子，不要怕是誤了這個村，要了更恐得耽在那個店裡，再也不得而出；舊時的朋友電話裡一牽上線倒是滿心歡喜，立即約好某日見面，可是眞的那天要到了，卻頓覺索然無味，連忙打個電話藉口緊急出差去了，一定打電話再約，便再也沒有下次。那芋艿頭的汩汩擔心，如同烏漆抹黑的斗室裡頭，食著黑加侖籽，黑吃黑的，還不得不嘿嘿嘿著。

而我那頭呢，我去了更廣闊的地方，曾經一度，芋艿頭擔心著我遠走不同的地方生活，又有了一些因寫作而結識的新朋友，是不是我們彼此不再親近。我亦不確定地安慰，不會不會。但是終究人各天涯，經年累月地不見，也是可能因爲碰到了不同的人，存活於不同的生態環境，或者其實從小就是各自有志的，卻不自知，我們終於明顯的分道，各自謀生過活，再無法像女生時代那樣苦苦地強求「一二一」齊步走。加之我生性散漫，無心本職工作，有閒也是四處遊走，寫些拉雜閒文，對購房置業之類芋艿頭醉心的事全無興趣，更是屢屢寫文，對芋艿頭們那種「沒有一個相識的人，卻一起在看熱鬧」的生活工作場景不以爲然。芋艿頭和毛豆子的話題終告漸稀。

<8>

記得上次回上海探親，和芋艿頭夫婦一起吃離滬前的最後一頓夜飯，可能多日不見，可能話題難以快速交集，可能席間還有一不甚熟稔的客人，也可能某種刻意的隱忍，大家都有點詞不達意的逗趣，逗嗔，逗笑，逗譏，惟恐冷場地貢獻急智，竟然有了爲掩飾隔閡而苦苦遮瞞的心痛。終於餐畢告別，那聖誕光華似牛毛細雨，馬路邊起著鮮亮的夜虹。在陝西北路南京西路口，我們竟驀地又自然不過地悱惻擁抱，那是女中孩子表達情感的獨特方式。芋艿頭的先生離開我們半步遠的地方，不措地別過頭去。兩味鄉土的小菜蚓結著的心腸頓時軟答答地放鬆開來，所有的疙瘩和漸起的生疏終於在那一刻徹底釋放。只那一記的觸摸，便知心底的一點靈火，大家竟然還是保存著。

感情淬光之後的沉默。然後轉身告別，不貪看背影。一時間的惶然，留一個朱天文寫過的「就好像情欲席捲而來又張慌而去」的街角，不知如何是好。後來糊裡糊塗地走入馬路對面仍殘留燈色的「凱司令」，看著行將收市的寥落貨架，要了幾個聊有芋糯味的栗子小鮮奶，向家去。

當次日復又平靜的時候，想起昨夜買的蛋糕可做早點呢，可是上尋下找始終不著，恐怕最終還是留在計程車裡了。

我近日忽然想起，在上海家中一個塵封的抽屜裡，可能還有一樣芋艿頭當年不敢放在家裡而交與我收藏的東西。便讓它繼續沉沒在箱底一角吧，也算紀念那清白得無法聚焦的歲月。它，揮霍爲始，收斂爲止，且歡喜且記掛。

2. 心動別處，心安在家

總有一些年輕的女孩子從上海寫E-mail給遠離家鄉的我，說，「和父母住在一起久了，最大的夢想就是搬出去住，想像之中單身在外的生活不知道有多開心啊。」她們羨慕我四處奔忙著，邊找生活邊看風景的日子，也熱烈地渴望著生活在別處。

在回信裡我總是對她們說，「離開家已經有一些時候了，從此岸到彼岸，不論是一個人，還是和一群認識或者不認識的人，到不同的地方，其實心下裡常常是一片茫茫然的。卻是那些在路上聽到的遙遠家園書信聲，才洗淡了一些我眞實的流離失所的心情。」

我相信有很多從出生到長大都在一個地方的女孩子，會在她們最美麗的二十初幾的時候，遭遇一樁感情。它們本來應該鶯歌燕舞的，可是最後卻變成了相見是罪過，不見是難過的糾纏。但凡經過一次，也就夠了，累了，怕了，想逃了。還有一些女孩子，每天平靜地在下班路上的公車上默

每次回家探親，家門一開，撲面而來是小侄子揮毫的歡迎圖畫

數著到家還有幾站，重複了一些年這樣的生活，突然有一天，自忖難道一生就這樣念著靜安寺，愚圓路，鎮寧路，江蘇路，然後到中山公園下車回一成不變的家嗎？於是她們輕輕搖搖頭，說，不如換個地方住吧。女孩子們就這樣離開了她們從出生到長大到第一次戀愛的家鄉，到了遙遠的地方。從此以後，她們習慣了在旅途中，對好奇的路人說，「家在上海。」

若干年前，我成爲了她們中的一個。

旅行的開始，總是轟轟烈烈的，花全開了，天天天藍，周圍的人總是笑意盈然的，看到新奇的東西，興奮地「哦，哦」嚷嚷著，只想做一隻不點地的鳥。在除夕的新加坡河克拉碼頭，在湄公河三角州素昧平生的水上人家，在美國最南端遙望古巴的凱威斯特島露天沙灘，在「死亡之谷」全美海拔最低的谷地，在科羅拉多河白水漂流後的篝火營帳，在渥太華深夜零下二十度的麗都運河天然冰場，在墨西哥正午攝氏四十五度的只有仙人掌的沙漠邊境，度過了一些或者有伴或者單身的散漫時光。可是時間久了，就有點孤單了，甚至有點很孤單了。

小侄子兩歲時在我上海的家門口

那是2000年7月的第一個星期，我開始了穿行在北美曠野的汽車畢業旅行。從北加州的聖荷西出發，經由5號公路折到東向的80號公路，以一百二十多公里時速輾轉在從西海岸到內陸的綿長公路線上。從大清早開始飛駛一千多公里，沿路灌滿眼的只有黃沙漠，仙人掌，甚至還看到了大漠深處的重刑犯監獄，好不容易挨到了漫長一天的黃昏時分，終於到達了內華達州和猶他州的邊界。眼前倏然一亮，漫漫黃沙不經意間已然變成千里鹽灘，似練如雪！而噬血殘陽外，寒鴉數點，翠峰如簇。

減慢了車速，我隨手換了一盒錄音帶在卡座裡，那是九九年夏天回上海時在「東方廣播電臺」的《三至五流行世界》——「我聽音樂」單元裡，我介紹給聽衆的幾首影響自己青春心情的老歌。「Wrangler」吉普車狹小的空間裡，可以聽見自己的聲音若雲浮動，「在俄州念書的地方，黃昏七點多鐘家家吃晚飯的光景，中部天邊總有非常燦爛的晚霞，層層疊疊，那是爸爸媽媽生活了一輩子都沒有看到過的顏色」，接著，聲音的背後，羅大佑的《家》洋洋溢溢起來：

"輕輕地愛你 輕輕地愛你 我的寶貝 我的寶貝
輕輕地想你 輕輕地想你 我的眼淚 我的眼淚

我的家庭我誕生的地方 有我童年時期最美的時光
那是後來我逃出的地方 也是我現在眼淚歸去的方向"

悄然間，濕漉漉的煙霧潛潛地佔據了我的眼，一時之下竟然看不清楚道路的前方。我只好把車泊在高速公路的路肩，這是暫時安全的地方。車廂的抽屜裡總有家信，習慣了收到家信後只看一遍，就收在那裡，再也不敢不敢多看。於是就把它們藏在這個近乎隨身的地方，它們讓我有心安的感覺。我抖抖索索地抽出其中的一封，爸爸寫道：「清明掃墓時忙了一下，腰就又有一點痛。近一年腦後添了不少簇白髮。這是規律，老就是老了，不承認也不行了。」爸爸還寫道，「前兩天，去了家裡附近新開的飯

旅行的開始，總是轟轟烈烈的（圖／馬克）

可是時間久了，就有點孤單了，甚至有點很孤單了（圖／馬克&曉瑋）

店『大宴樓』把六十歲的生日飯吃了，還給你留了塊蛋糕呢。還有，到閔行的仙鶴公墓給爺爺掃墓的時候，我代你鞠了躬了，已經是第三年了。」

唉呀，我心目中還是正當壯年的爸爸竟然已經過了六十歲的生日了。

我知道爸爸一直是怕老，也不承認老的，讀到那些段落，無數蓬萊往事霧靄紛紛地掉落下來，怎樣止也止不住了。突然之間，很怕親眼看到這些白髮。很多和我一樣總是在路上的朋友說，很想回家，可是每次卻怕回家，怕看到嚇一大跳的白的頭髮，深的皺紋和彎的背梁；還怕可能下次回家就什麼都看不到了，見一次少一次的恐懼。所以，有些人猶豫著，很多年了終究也沒有回去。這些話，可能在旁人看了，充滿著矛盾和藉口，可是在路上的人卻多少能瞭解一些。

我想起了自己，每次回上海，探親假期結束終於要離開的時候，總是特意掐準了時間趕到機場，這樣一來因爲登機前的準備工作，使得告別的儀式就會因爲倉促而不致於過於感傷。媽媽總是怕我誤機，在送客大廳，她總是急急地催促，「好了好了，要來不及了，快進去吧。」於是我推著行李車，一路「咕嚕咕嚕」著進了關，有了藉口，沒有回頭。

機場送別的這一刻，不要輕易回頭

那個不回頭，其實是來自於小時候念住宿學校的經驗。每個清冷的週日晚上是必須返校的時間，坐在爸爸二十八吋載重自行車的後座，食指勾著他長褲的皮帶攀，一路顛簸著到了21路魯迅公園終點站。然後爸爸送我上了電車，有時候他會在車窗前再關照幾句。可是往往等不上說完他要交代的所有事項，車就啓動了。每次車開出了站，我都沒有回頭，至今也不知道如果回頭，看到的是單車轂轆上搖晃的背影呢，還是樹蔭燈影下斑駁的臉龐。我想，其實有些東西在你長大成人的過程中是不會變的，雖然十幾歲初期的時候，它可能發生在城裡街道的電車上；二十幾歲後期的時候，它可能發生在城外天空的飛機上，但一定都是黑暗的眼睛裡驀然洶湧而出的流淌久久的水，悄然沒有聲息；在暗色裡，有點鹹，卻不澀。

直到今天，我已經是一個徹底的成年人了，可心底裡始終覺得自己還是個犯了錯誤怕有人告狀到父母那邊的孩子，儘管我心裡很明白父母對自己的職業，興趣，愛情和生活已經不是很瞭解的了。聽哥哥說爸爸媽媽每次要寫信給我時，飯桌上總是一陣熱烈的討論，到底女兒現在在哪裡，哪個地址是最近的，每個人有一種說法，把我當做了棋子在美國地圖上騰挪。於是我鄭重地關照哥哥，他們的女兒早已經從東邊回來了，現在在加州開始朝九晚九地上班了，那裡和上海有十五小時的時差，讓他們不要忘記調整家裡那一個特地為我設的鬧鐘。加州已經是家人能接受的最微觀的地理概念，如果再說到住在聖荷西（San Jose），上班在塞尼維爾（Sunnyvale），可能又要把他們搞糊塗了。

爸爸媽媽對於一個已經成年的，長年在外的孩子能做到的關心也就是在每封信，每個電話裡，不厭倦地關照著，「一個人在外面，一定要吃飽，睡足，保證營養，千萬不要省，家裡不需要你的錢。還有，遇到合適的就考慮起來，玩夠了，就回來，聽到口伐？」每次就應著，「哦，哦，曉得了，曉得了。」雖然這樣的對話可以背得出來，每次重複的時候，仍然好像是，孩子剛離開家，打給家裡的第一個報平安的電話。有關親情的牽掛就是這樣，永遠不會是一場大開大合的盛裝演出，它只是那些小悲小歡有離有合的情景小品。家裡的電話號碼是一個你在大快樂的時候不一定第一個會想到的數字，但卻會是在你大失意的時候第一個毫不猶豫會撥打的數字。

記得當年剛從商學院的MBA畢業後，仗著在畢業前就找好了在一個世界知名大公司的工作，於是肆無忌憚地在美國走南闖北地玩了四個月，把讀書剩下的錢用了精光，然後才到公司報到上班。可是到了這個總部在美國東部的公司以後，卻發現這並不是個適合自己個性和理想的地方，他們的森嚴和一絲不苟讓我窒息。於是四個星期以後就收拾了所有的三個手提箱的家當，飛到了北加州的矽谷。選擇矽谷的首要原因很簡單，並不是因為它是新金山，只是當時就想找一個和東部不一樣的，終年陽光燦爛而離家裡近一點的地方，那就只有加州了。

可是到了矽谷後，才發現工作並沒有想像中的好找，一來自己已經誤了學校畢業生找工作的檔期，一般的公司都要找有工作經歷的人；再者矽谷是工程師的天堂，對於一個才從學校畢業沒有美國工作經驗的外國MBA來說，就更有點難了。我看著已癟的錢包，估摸著移民局逐漸減少的工作簽證配額，不禁有點懊惱自己當時的任性，不合性情就捲鋪蓋走人，這裡到底不是自己的地方，是可以任由著性子來的。

那日，又是一次看來沒戲的面試以後，坐在矽谷的一個小廣場上，我看著周圍來來往往的是三四點鐘抽空出來喝下午咖啡的公司裡的人，胸前自豪地掛著公司的名牌，很知道自己等會兒要回到哪裡去的樣子，突然之間沮喪到極點，覺得自己從小到大，一直只是由著性子的滿天逍遙，信手塗鴉，好像一點點都沒有常人眼裡的成就感，和自己同齡的朋友都置了業，成了家，可是自己甚至還沒有為家人做過一頓像樣的飯菜，更談不上什麼孝敬父母。十月天的秋日豔陽裡，陣陣寒意罩滿了全身，二十多年來突然覺得有了很強的失敗感，開始懷疑起自己的生活方式，也想不再寫那些所謂風花雪月的東西了。

怏怏地回到家以後，卻意外地收到了哥哥用FLASH為我喜歡的羅大佑的另外一首歌《光陰的故事》做的MTV，這是一個從小和我「惡語相向」，「橫眉冷對」，至今仍然是互相直呼姓名的哥哥花了好幾個星期為我精心製作的。在E-mail裡，哥哥說，「親愛的妹妹，本來這是想在你生日的時候送給你錦上添花的，不過現在可能你更需要它。只是想讓你知道，你永遠是我們大家的驕傲，以前不說，只是存心不說，可是心裡是知道的。永遠不要放棄自己喜歡的，因爲這是你的成就，也是我們全家的成就。」

哥哥在MTV裡用了一些我回上海時拍的黑白照片，在旅行中寄回的照片和寫的一些文章，它們被精心地掃描和編輯了。畫面中，先是那些黃黃白白上海老城區的形象，來來回回地在眼前閃回著，帶自己回舊時的心情回家的路；然後是以前寫的一篇篇文章，自己都已經忘記它們誕生的年月。我想，當時的感動在於，在一個風塵僕僕的旅人一味前行的時候，很多東西，她帶不動，得到過，也扔下了，迷迷惘惘地只是疾走趕路，可是那些零零星星的行李裡壓箱底的東西，原來竟這樣完好無缺地被家人收藏著，剪輯著，陳列著。

那對兄妹，在很久很久以前

那一刻，看到這些自己過去的，讓我有小自豪的東西，微笑著，像春天一樣走來時，我突然覺得自己被巨大的幸福籠罩了。因爲這需要一種深情，一種瞭解，一種熱愛和一種沒有功利心的祝福，很重。很多深情的話，家裡人之間當面說不出口，說了，互相還會取笑對方的肉麻，東方式的含蓄讓我們連擁抱也會羞澀。只有在沒有面對面的時候，才會很自然地說愛和想念，它們是以一種實在而樸實的形式呈現的。有一個小時候可以與之打架讓其頭破臂折，長大爲你做MTV的人做兄弟，很好。

一直沒有敢告訴家人，那年冬天在北加州的滑雪場裡，送我們到山頂滑道的纜車升到半空，突然不動了，故障維持了很長時間，而所謂的纜車，其實只是一個像鞦韆一樣的開放式鐵椅子。自己一個人單薄地在半空中一盪一盪的，穿著臃腫的滑雪衣褲和靴子，不敢往下看，當時覺得隨時就有可能自由下墜了，只能緊緊閉著眼睛，聽天由命。當時我想到的竟然是可能沒有機會陪媽媽去看看杭州了，媽媽不是特別喜歡跑外地的人，但卻是心儀杭州的。心思活動之時，纜車又徐徐啓動了。

我鬆了一口氣，這下總算不至於讓媽媽失望透頂了。我會好好在這裡，在那裡，在某個地方。

3. 地上發芽，天上開花

不耐的冬日裡，總是離離搖曳地念春天，可是當春天當眞姍姍來了，卻是後悔也來不及了。那個遠在千里的阿婆，強硬地頂住了上海的冷冬，卻還是在一個春天的早晨，在護工爲其洗臉的時候，發現老人家早已不聲不響地隨晨霧去了。

最後一次見阿婆是2001年12月，去國多年後第一次回家探親。當時阿婆已經纏綿病榻，腦子卻清楚，囁嚅著希望我還是應該在上海找一個對象，甚至還想起了在崇明的娘娘有一個侄子人挺不錯，賣相也好，可以介紹給我。於是大家打趣地讓她下次看到娘娘時，不要忘記跟她拿照片。那

一張八〇年代初的全家福：前排左一是我親愛的阿婆，前排左二是我親愛的爺爺

個時候，阿婆那張已然像烘山芋一樣枯萎的臉，被一件可能的媒事吊起了紅光，隱約有了當年以居民小組長之尊活躍在里弄的神采。

阿婆是不識字的，結婚後便跟著爺爺從崇明到了上海。爺爺以前在工部局謀事，解放後響應開發崇明島的號召，主動要求回鄉，開始了隻身在鄉村教書的生活。他每月寄七八十塊錢回上海養家，阿婆開始了她一生都在進行的會計遊戲：如何借貸相等。因爲要撫養子女六個，自然入不敷出，於是只能運用她的智慧和人緣，從趙家借錢還給錢家，從孫家借錢還給趙家，阿婆不通理財算術，這樣東牆補到西牆，竟然十幾年料理得滴水不漏，直到爸爸工作後，才徹底理清了其中的枝蔓。現在突發奇想，如果當年阿婆有機會接受教育，又趕上一個合適的年代，被造就爲一個成功的風險投資家或者投資銀行家也不是沒有可能的呢，就憑她的天資，勇氣，鎮定，運氣和廣結的人緣。

1950年爺爺阿婆的全家福

十五年後的爺爺阿婆的全家福

阿婆和爺爺性格迥異，阿婆樂觀開朗，有話說話，也沒有除了小菜銅鈿以外的想法；爺爺是個沉默的知識分子，一天一天坐在籐椅上閱讀，古今中外的事情好像都在他腦子裡默默地運籌，嘴關卻永遠緊閉。這樣迥異的一對夫妻，聚少離多，卻無怨言，也是秉承的古訓。婚姻在他們那一代人裡，更體現的是老有所伴的意思，壯年時的使命是養育，年老後便是一起變老，一輩子可能沒有共同語言的兩個人怎麼看卻都像如影隨形著了。這情景在小津安二郎的電影《東京物語》裡便是：一對從鄉下到東京探子的老夫妻，外形迥異，木木熏熏地踽踽相依而行，舉目黑壓壓一片的東京城，由衷對語，「這要是一走失，恐怕這輩子也找不到了。」

阿婆大名陳鳳儀，但很少有人知道，她的一生只是以「茅師母」的身分活躍在社交生活中。我們這一代的祖母長輩中，大多數都心甘情願地隱身，好像她們到這個世界上，就是以張家姆媽，李家阿婆，王家老太太的面目，擔驚受怕，柴米油鹽，生養哺育，兒孫滿堂。從家鄉出來後，就再也沒有踏出過這個消費她們青春期、成年期和衰老期的城市。

記憶中阿婆從來只穿一種衣服：深灰色的兩用衫，腰上常年一個圍兜，泛著好胃口的油光。到晚年終於站不了的時候，圍兜卸下，至此一直戴一頂淡咖啡色的絨線帽，再也沒有脫下過。阿婆的壽服帽子是粉紅色的，襯得整套壽衣美輪美奐，我想阿婆可能出嫁時也沒有穿過這麼美的衣服，又是綢緞的料作，又是喜慶的花紋。壽衣是人一生中除了婚紗外，會穿的一件最華麗的衣服，現在才瞭解爲什麼老人家會親自參與自己壽衣的製作過程，這和挑選婚紗其實是一樣的道理。我不確定阿婆有沒有看到她這套美麗衣裳，因爲她當年挑選的那套是在很久以前，爺爺去世後不久就搞定的，壓在箱底。就在阿婆走的前兩個月，她開始被上海的寒冬抽筋裂骨的時候，小輩已經開始暗暗準備，從箱底翻出了壽衣，都覺得不合潮流了，於是連忙又請裁縫趕製了2003年的新款式。我想阿婆可能沒有看到過這個與時俱進的款式，因爲哥哥在此前兩個月時拍的錄影顯示，阿婆的眼睛已經一點都不能睜開了，哥哥喚她的時候，只見乾癟烏青的嘴唇拚著命地蠕動，就是睜不開眼了。那年早春的嚴酷讓阿婆每天輪流以葡萄糖和生

記憶中的上海歲月似乎永遠定格成那樣了：石庫門弄堂裡微曦的早晨和都市村莊裡熙攘的黃昏

理鹽水苟延著，阿婆的臉那樣小，整個身體和臉的形狀像我喜歡的那種烘山芋：尖尖的，瘦細的，皮焦黃的，一掐就碎，芯子都酥爛了。阿婆當時還是睡那張單人小床，床頭板上心酸地印著一些迪士尼的卡通人物，還是粉紅的底子，可是已經灰撲撲了，和一張因爲低燒而發紅的臉天天對望。

就在同一盒錄影帶裡，還有爸爸在三年前拍的一段和阿婆的訪談。三年前的那段母子對話非常生動，爸爸問阿婆一生搬過多少地方，可還記得建國西路上的老街坊，爺爺那個時候每月從鄉下寄回多少錢，那個因爲養不起而送到天主堂的小妹叫什麼名字，阿婆每回答完一個問題，就以一個「蠻好，蠻好」結尾，最後爸爸問她現在錢夠用嗎？一生缺錢的阿婆回答：「足嫌多。」阿婆說到這裡時，神情間眉飛色舞，在我記憶裡她就是這樣的，我看著看著甚至笑了，想起了《東京物語》裡的另一場戲：老伴撒手的那天早上，笠智衆扮演的老父卻獨自踱到河邊眺望，隱約笑意王顧左右地感慨：「What a beautiful dawn. It's another hot day.」（多麼漂亮的破曉，那又將是個濡熱天。）

此刻，阿婆早已羽化成灰了，穿著亮麗的華服，像新生一樣，惴惴又難掩新奇地向另一個國度趕。像阿婆那樣的女人，一生在地上苦苦發芽，想是到了天上，便只等著開花了吧。

4. 背對背，比較容易淚花盛開

2004年2月初時，爸爸媽媽匆匆忙忙來了，3月初時，爸爸媽媽又走了，一如來時的匆匆忙忙。爸爸媽媽來美探親歷時一月，周圍中國朋友的反應都是：這麼短啊?!周圍美國朋友的反應都是：那麼長啊?!一個月，就是這麼短那麼長的情形。

爸媽要走的前一天，從睜眼起，我便開始躊躇著要說些什麼才好，他們來之前原以為一個月會有大把的時間絮語些舊年景況，閒談些近時情形，但是直到臨走，才發現竟然是什麼都還沒有展開來講呢！父母子女間，終其一生，其實大抵沒有什麼好好談話的機會，以前一家人緊趕慢趕上下翻飛地過日子，現在日子慢下來了，倒反而有了不知所措的意味，眞想要認眞談起來，恐怕只是難以為繼，只任由一個接一個的沈默、停頓把所有的欲言又止縫縫補補在一起。

我就在他們的房間裡不知所措地欲言又止著，臨時抱佛腳地想醞釀些情深意長的話題。他們沒來前，我甚至設想著此際應該是徹夜交心，悲欣交集的情形，但是最終什麼都沒有發生：媽媽在一注黃光下正被一堆美國版的《新民晚報》掩埋著，爸爸在整理那幾乎每天都在整理的行李，他自己才把眼鏡盒子放到旅行包裡去，轉眼卻遍尋不著眼鏡盒子的那種整理行李，這種忙碌本來乏味，但因為有了一驚一乍而使爸爸饒有興味。我有點悻悻地獨坐一邊，無心地檢查了一下E-mail，一個就地翻滾鑽到媽媽的床邊，捶打了幾下她那一直很飽滿的大肚腩，還是很有彈性的，順勢便如兒時那樣地將腦袋伏了上去，那樣子能使我聽到她腸子結實的蠕動，我說，媽媽，就像小時候一樣的。

然後，如常地，道了晚安，我終走出房間，沒有設想中最後一夜的悱惻善感，掏心挖肺，我想是爸爸那攤了一地的行李亂了我傷感的陣形。其實我

和爸爸、媽媽在史丹福大學的羅丹花園（攝／馬克）

是有點如釋重負的，一如從前，當時我和家人尚還奢侈地用鴻雁傳書交代各自情形，我總是在彙報完日常拉雜後戛然而止，原本準備洋溢開去的情感洩露，到了最後關頭竟驀然掉頭而走：「手酸了，就此擱筆，女兒敬上。」胸中的活活欲窮舞，最終以字裡的淡淡如行走而潦草交代了過去。

第二天到達舊金山機場，向航空公司申請了一個特別通行證，可以一直送父母到登機口。和爸爸想學美國人那樣的擁抱告別，結果搞得陣形大亂，形同廝打，最終落得有如互相拍灰，便作罷了。我這就要趕回公司上班了，要爸爸臨登機前再打個電話給我，爸爸說不用再打了，不用再打了，都送到登機口了。我便抽身告別，轉到二樓，遠遠地再和他們做一次從容的揮手告別，眼裡恍然所見卻是一個空曠如野的，人散燈未滅的大球場，我終得以舒一口長氣。

咱爸說：我把青春獻給你

爸爸即將登機前，畢竟還是從機場給我打了電話，電話裡他說：「這是我和你媽媽一生中最快樂的一個月……。」聽畢頓時淚如傾盆，無聲地，把從臨走前夜便開始積累的暗湧徹底地釋放了開來。爸媽一向很少用很大的辭彙，比如一生，比如最，比如快樂，可是隔著電話終於說了出來，儘管爸爸緊接著又說，「你把爸爸媽媽這句話轉給馬克聽。」便好像這個敞開心扉的感受，本意是講給女婿這個相對的外人聽的，因爲有了這層傳達的意思在，爸爸便可以少卻一些失去含蓄的尷尬，也便多了一些表達的自然。

下次再分別，我們也許會在當面，表現得更自然一點，更親密一點，更自然地親密一點，這點我尚不確切，也不特別期待，但是爸爸媽媽和我，一定，始終，總會，在背對背的時候，心裡盛開著眞心的歡喜。只要我們感到自在，我們背對背就背對背吧。

5. 八十六歲的老外婆 臉頰粉嫩嫩是有道理的

聖誕期間去美國威斯康辛州的小鎮Spooner探望先生馬克的老外婆Fran，老人家八十六高齡，卻神勢十足，早六點半起床，早餐橙汁燕麥粥，小小杯的Espresso特濃咖啡，餐畢用放大鏡瀏覽當天的郵件報紙，然後或回信或做報紙上的填字遊戲，便打發一個上午；中午一杯熱水，一個小麵包，一塊炸雞胸肉，小心地剝皮而食；下午和女伴成群結隊到老年中心打一陣牌，議一下坊間八卦；晚上一盤Taco Salad（一種用碎牛肉、生菜、四季豆、玉米脆餅、蕃茄等拌成的墨西哥沙拉），一邊看電視，一邊做半小時墊上運動，十點半睡覺，睡前兩個小時不忘一罐優酪乳。

造訪期間，老外婆打破生活常規，拉扯我們東奔西跑一天，帶我們去掃老外公的墓地。北地斯時早已冰封萬里，零下十一度光景，老外婆便只穿一絲襯衫，套一棉開衫，圍一絲巾，外罩一件絲棉中長茄克坐鎮冬日寒水中，亦不戴帽子。墳頭小坐，單皮鞋上那一截只穿絲襪的肉腿便露了出來，毫無青筋無血結，光潔平靜一段藕似的。老外婆至今還記得老外公的葬禮上，馬克的悼辭引得大家哈哈大笑，老外婆說葬禮是一場有關老外

聖誕期間去美國威斯康辛州的小鎮Spooner，粉嫩臉頰笑春風

美國威斯康辛州的小鎮Spooner雪景

外婆Fran布置的聖誕裝飾

公蓬勃生命的歡慶，所以一定要有歡聲笑語，所以一定還要有好吃好喝，所以豆腐飯上一定要無限量地供應義大利蕃茄燴肉丸。她只願歡送完老伴的客人們腆著肚子走在歸家路上，無不含笑感謝上帝又賜於一頓免費的美餐。

老外婆現身鎮上，便儼然一朵長生鎮花，咖啡館裡一坐，超市門前一站，過往的老少沒有不識得的，那地頭就成了她老人家的客廳，不時還有個老姊妹上前來敲定下個星期的牌約。老外婆的長壽可能和這些交際溝通有關，她自家的客廳也像一個流水不腐的水鬥，房門雖設而常開，一歇歇客廳裡就有個生人端坐著，都是不請自來，隨意不爲客的樣子。

老外婆酷愛購物，那天陪她同遊一日，掃完墓便由老外婆統領去小鎮各店領受節後大減價的行情。間中去印第安人賭場玩了半個小時，老外婆設好自己的底線，也就20美元，十五分鐘就在吃角子老虎機上輸完了，便立刻停止，老外婆本事的地方就在於興趣盎然卻不沉不迷。從賭場出來，路上每見一間Outlet店，老外婆即興奮叫停，深得我心。其實老外婆也不怎麼爲自己買東西了，她每月存上50美元，到年底那600美元就是購買聖誕禮物專款，12月25號禮物才派發完，下一個聖誕的購物狂潮從12月26日便又告開始，老外婆說聖誕禮物就要這樣篤篤悠悠地淘。

當年老外公秉承義大利移民的傳統生計，做起理髮師，一做二十年。五〇年代的一天老外婆突然對老外公說，老做這行不行，養不活五個孩子的。於是和老外公開了小鎮上第一家「Drive in Diner」（汽車餐館），那是當時風行美國一時的新餐飲方式，開了小鎮風氣之先，以老外公的名字命名爲「Nick's Restaurant」。餐館專做老外公秘門配方的義大利風味Pizza Burger，將義大利披薩餅的餡和醬料與美國人的漢堡合二爲一，聲名大噪，又因餐館所在的位置正好是高速公路的盡頭，所以往來打尖歇腳的人不斷。後來老倆口又在七〇年代末高速公路拓展前及時賣出餐館，餐館生意也由於路過汽車不再有機會停留而大落。老外公及時地將餐館轉手後，轉而將從轉賣餐館賺來的錢投資房地產，一度曾擁有小鎮中心一半的房產，還成爲小鎮鎮長，去世葬禮更有當地的消防車長鳴開道，舉鎮齊哀。如此這般，老外婆當年的一個決定改變了這個家庭的氣質。

小鎮Spooner的主街。左面便是以老外公的名字命名為「Nick's Restaurant」，右面「Masterjohn Realty Inc」是以老外公的姓命名的房地產公司

Masterjohn
Realty, Inc.

老外婆看世事已如行雲浮止，告別之際，我們是見一次少一次的惶惶悲淒，而老外婆卻只有見一次便多一次的殷殷謝意。老外婆清瘦，比我還高，人很薄了，告別的時候，她不是一個接一個的擁抱，而是把兩小兒圈在一起，於是三人抱作一團，雖是纖弱羸細，卻能感覺到她身上傳來的骨骨之氣。本有離離之傷如鯁在喉，老外婆忽笑說馬克一定要進行那種叫做「Mediterranean Diet」*的減肥法了，不然她兩手都不夠抱肚腩了。於是幻化成祖孫歡聲一片，行色頓時也壯了起來。

我的熊胸口上繡：My Spooner Grandma Likes Me Best

＊Mediterranean Diet：地中海減肥食譜，美國盛行的一種減肥食譜。

6. 再見，《人民連環畫》！

這本叫做《People's Comic Book》（《人民連環畫》）的書是我在聖荷西大學的圖書館裡偶然發現的。書的封面是嫩綠的，小十六開大小，素面朝天的硬面裝幀，以很學術的長相安靜地歇在圖書館的塵封一隅。該書將《紅色娘子軍》、《李雙雙》、《跟蹤追擊》等七部連環畫編成合集，譯成英文向西方讀者推出。有趣的是該書進入西方世界最早得益於義大利人，是他們將中文譯成義語後於1973年在義大利出版，然後一家紐約出版社又將義語翻成英文在美國出版。以小說《玫瑰的名字》而聲名遠播的義大利符號學家，小說家安伯托．艾可（Umberto Eco）是該書義文版的編輯之

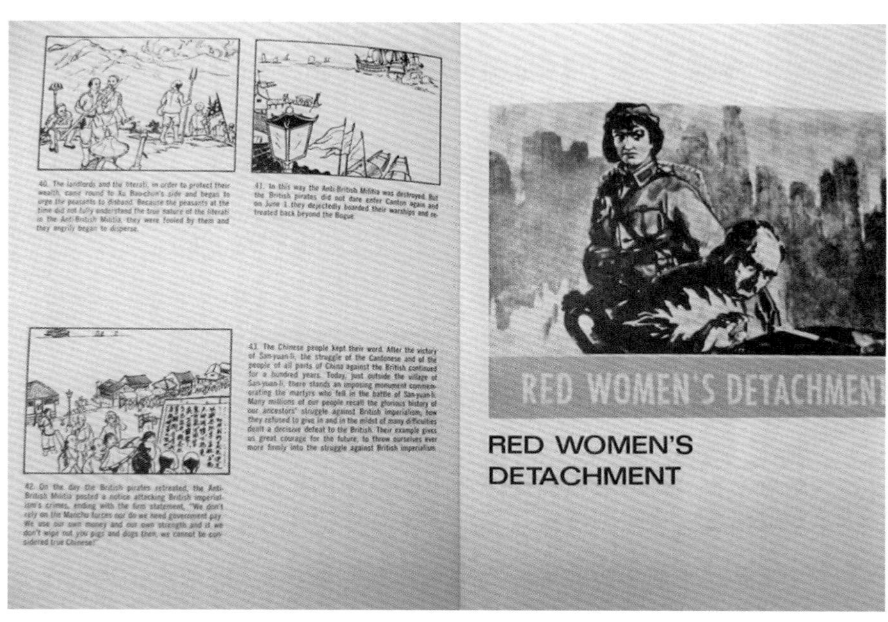

外國版《人民連環畫》中的一個故事《紅色娘子軍》，英文翻譯為：Red Women's Detachment

1. It was 1930—the darkest period in Chinese history. The story begins on Hainan Island off the south coast of China's mainland where there lived a despotic landlord known as Nan Ba-tian. He was commander of the defense corps, and he cruelly oppressed the peasants and seized property. The working people groaned under his oppression.

一。義大利人Neibiolo在序言中如此描述他和連環畫的初次邂逅：

那是從杭州到上海的夜行列車上，乘務員為每個人倒了滾燙的開水，另外還發給每人一本連環畫。乘客們很有技巧地把茶杯停放在膝蓋上，然後便如饑似渴地投入到連環畫的世界裡。小冊子是小小的長方形，封面花花綠綠的，內裡黑白兩色印刷，一頁一幅畫，下面印著

「It was 1930-the darkest period in Chinese history.」英文《紅色娘子軍》故事第一頁的開場白如是說

文字。我手上那本講的是一位戰士的英雄事蹟，戰士在戰場上被炮火炸瞎了一隻眼和一條手臂，但他一出院便立刻要求重新入伍。大家每看完一本便約定俗成地交換，我因此又得以讀到一本描述黃巢這個唐末起義英雄的畫冊……。

《人民連環畫》英譯本和解放軍公仔

我遙想當時情形：以四十公里時速緩速推進的列車，窗外是披著蒼茫夜色的江南水鄉，窗內是穿著昏沉夜容的僕僕旅客，他們一律以極其勤奮的態度閱讀著一本本形似兒童讀物的小畫冊，但其內容卻往往描述著波瀾狀闊盪氣迴腸的戰鬥圖景，明明是作爲睡前消遣催人入眠的讀物，卻讓大家進入了某種廢寢忘食的興奮狀態。列車上的乘客交換了一本又一本連環畫，但他們之間並不說話，像菸客之間只要發一圈香菸這個動作即可，全無囉嗦的必要。可能正是這種有點超現實的對比，引發了義大利人對這個中國獨有的普普藝術形式的強烈興趣。

這本外文《人民連環畫》也把我勾上了倒行向七〇年代末的列車。當時的連環畫大都是父母從公立圖書館裡借來，通常三四本合訂，用咖啡、墨綠或者純黑硬面做封面封底，品相極爲扎實。當時每每遺憾的是，雖然每次帶回四五冊，足以把爸爸那只黑色人造革皮包塞得吹彈欲破，可是每厚冊裡要看的往往就只有一兩本，這種美中不足的情形放到現在的情形，便類似於五雙打包出賣的襪子，總只有一兩雙是中意的，便每每埋怨那些打包的人不懂心思。

當時最愛的還是烽火連天的戰爭類，挺入敵人內部的小尖刀和混入革命隊伍的大叛徒都是看點，比如《林海血原》中的楊子榮和匪人一起喝烈酒百雞宴罵粗口，比如《紅岩》裡的甫志高金絲邊呢大衣小分頭，傳奇演義類和反敵反特類其次。電影連環畫高級一點（的確也貴不少），就好像現在受大家歡迎的電影做成DVD，那個時候咱就做成連環畫。《早春二月》這些黑白老片以我當時的心相，看電影想必是看不下去的，而電影連環畫便猶如提供了快轉鍵，略去諸多與情節發展無礙的拖泥帶水，一幅畫面一個定格一個交代。

略過不看的連環畫多爲農村題材，一看到開篇夾頭夾腦就是「某人民公社龍江大隊堤外田頭」，腸子就翻綠了；少數民族題材也不招我待見，五朵金花啊，阿詩瑪啊什麼的，不過講西藏農奴的是例外，因爲農奴主變著法兒的施虐手法，比如剝人皮做鼓面之類的都是漢族題材裡聞所未聞的，很有暴力美學的雛形，漢族頂多是那個周扒皮搞個半夜雞叫什麼的，也不算是十惡不赦，卻被人牽了幾十年的頭皮；頭頸上圍個白毛巾暢開大

我們時代原裝正版的《人民連環畫》

胸襟的工人題材也一概跳過，不過後來畫裡的工人都穿得正常了，社會新鮮人題材的連環畫終於有趣起來，聊比做現在的美劇《六人行》吧，看電影連環畫《瞧這一家子》裡的劉曉慶笑得花枝亂顫的，和現在的孩子提起來，那好歹也是當年咱們國產的Samantha（美國影集《慾望城市》裡的放浪女主角）。

後來，顧炳鑫、賀友直、華三川、陳光鎰諸人便不知不覺「嘶嘶」蒸發了，手塚治虫、藤本弘、柴文門、宮崎駿諸人便不知不覺「嘩嘩」奔來了。人們不再看那種一巴掌大的小畫書，取而代之的是四個巴掌的大開本；它也不再是一畫一世界，它一頁裡滿滿騰騰地刷滿了圖畫；它再也沒有一整段兩三行的文字工整地盤踞在圖畫下，取而代之的是畫中人嘴裡噴出的一個個氣球裡的對話，或者平地驚雷般地冒出一個個金星裡的畫外音；畫師開始用描摹大叔大嬸補丁上針腳那樣的工筆來勾勒少男少女瞳仁裡的一顆顆亮星星。就這樣，一個將讀圖作爲工具的時代悄然結束，另一個將讀圖作爲玩具的年代轟然登場了。

再見，《人民連環畫》！

7. 售票員情結

一直以來，我的潛意識裡有一種叫做「售票員情結」的東西。我喜歡售票員同志古意盎然的票夾板，喜歡她們使用的那種單孔的打洞鉗，我還喜歡用來開門的那個黑色活塞狀按鈕，就這麼輕巧地一拉，「嗤……」一聲，門轟然地開了，人上人下。

小的時候，我沉醉於站在售票員座位下那個突起平臺上的時光，當然這是只有在車很擠的情形下才有的幸事。如果車不是很擠，女售票員是斷然不允許我貼著她站的。我把在車上的無聊時光都花在觀看售票員整理錢上了。結論是，這算是一門熟能生巧的手藝活：她們先把每張票子的角都

上海的公共汽車（圖／BTR）

上海的公共汽車（圖／BTR）

用尖指甲刮平，每十張成一疊，然後蘸一點票夾板內置的小海綿，飛快地複點一遍；攢到十疊後用橡皮筋一箍，然後在小帆布包裡找到那疊票面所屬的鐵夾子，撐開，夾緊，最後隨意地把那一鐵夾子的錢往包裡一扔。我每每在心裡幫著她數錢，發現自己在連續數數上存在致命弱點，還有單手打開那個鐵夾也可能構成挑戰，別的活計都不算難。我還惋惜，整理了半天的錢，最終只是爲了上交車隊時的形式美。

在拿捏時間方面，售票員也很有火候，往往在理完錢或者票的時候，車就到站了，可能其中也有和司機的默契。於是，她們操起那面寫著「慢」字的油膩小紅旗，推開窗門，用旗柄篤篤地敲著外車廂壁，並鏗鏘有力地吆喝，傳達著如果車不「慢」，下來大家就得閃的意思。然後開門，大半個身子傾到窗外一陣亂捅胡戳，罵山門*，使勁地推上門，按電鈴，頭還這麼佝一下，然後重新振作著開始本職的賣票工作。

兒時我還曾糾集了狐朋狗友，進行模擬車廂練習：讓鐵皮鉛筆盒咬住一排裁剪整齊寫上面值的白紙，就是一個簡易票夾；竹椅子一張張地搬到一張很長的木條凳上，就是車廂。我哥當時擔任司機之職，兩膝夾緊一把苕帚，苕帚頭頂一個鋁鍋蓋，右手還得不時地推拉一下那個本來作疏通之用的馬桶泵塞。我至今仍兀自慶幸，還好他的理想是做個司機，這使得我們當時在分工上沒有大打出手。

記得小學二年級時的班主任曾在一次春遊回校的路上問我長大以後想做什麼。當時老師坐在那輛包車的售票員座位上，我緊貼著她站著，心裡盤算著如何等車停穩後，迅速取得那難得的開門權。我當即回答道「做售票員」。原來以爲她會有點失望，沒想到她當時只是淡淡地，以一種過來人的腔調嘟囔道，「沒啥意思的，這種活計做起來也蠻吃力的。」那種語氣令我詫異，使我第一次意識到，原來教書和賣票一樣，都只是一種用來賺錢，可能吃力的「活計」而已。

*罵山門：上海話，指大聲罵粗話。

上海的公共汽車（圖／BTR）

佛洛依德的那些情結通常會用一個我總也記不全的神話人物來命名，我決定把我的這個情結搞得純樸一些，於是把它叫做「Conductor Complex」，也就是「售票員情結」。據我的經驗，有這個情結的人，多半現在正心不甘情不願地從事著某種機械的腦力工作，而這份腦力工作也牽扯到簡單算術、稍許腕力、截人捅人、拿捏時間以及和搭檔的默契配合等等。最重要的是，兢兢業業地爲人斂完了錢，數好了疊齊了，還得轉手把它們上交到一個無形的白口袋裡。但是比起車廂裡廣大辛苦地站著還看不到窗外的乘客，有這個情結的人好歹還能坐著，好歹還能在數錢的間隙瞅一眼窗外又出什麼事了。所以，有「售票員情結」的人還是無比幸福的。

8. 上海公車之閒話偷聽

上海公共汽車上常常有最鮮活的市井語言，盛年婦女講起閒話來，渾然地一搭一檔，一抽一削，百聽不厭。我在公車上聽人閒話每每入神，有次和爸爸同車，下車後伊講，「儂只小鬼哪能偷聽人家閒話啦？」（上海方言：你這孩子怎偷聽人家講話啊？）我反駁說，「儂勿是啊聽了合紮勁嘛？」（滬語：你不是也正聽得起勁嗎？）阿拉*爸爸急了，說，「儂做得太明顯了呀，整只人活活撲上去了。」

我便是破了在公車上偷聽閒話的規矩。公共場所文明偷聽的規矩是：盡可以拔長了耳朵或暗笑，或贊同，或反駁，或消化，但是得做出一副聽而不聞、聞而不屑的樣子，下車後儘管再做酣暢喜悅的傳達。偷聽時講究的那個不動聲色，上海話用了一個動詞叫「豁」，可謂候分侯數：「勒來車子浪廂『豁』到一句」，那種漫不經心的刻意頓時躍然，而那「豁」字

世界各地的公車
乘客百態

*阿拉：上海話，我、我們。

世界各地的公車乘客百態

之妙，還在於它傳神地表達了某種事不關己卻暗自上心的態度。記得有回乘車，一老伯傷風，鼻涕搖搖欲墜地懸在半空卻不自知，身旁一女客將一切落在眼裡，卻是不動聲色，鼻涕拖到一半眼看便要吊不住了，伊還是不說，硬是摒住不說，都沒有破了這不動聲色的規矩，那朵鼻涕最後在我手背上落地開花時，伊終究修煉不到家，還是破口大笑起來，可惜了，伊原本堅持了全場，卻在最後一刻壞了這不動聲色的規矩，讓我本來是要自認倒楣的，因她的壞了規矩暴露了身分，遭了我肚子裡好一頓的腹誹。

不過不用說那女乘客，其實我自己也是很不守偷聽規矩的，但凡偷聽到好玩處，總忍不住地莞爾竊笑起來。你說那發言乘客講到興頭物我兩忘吧，你嘴角一牽，伊又馬上覺察到了，於是伊心下便暗暗一驚，雖然那乘客當然知道講閒話大家都聽得，這和公共論壇上的講演一樣道理，但是伊在開講的時候倒並沒有很明確地意識到這一點，所以發言乘客此時會覺得這個聽了她閒話，身體有反應的人倒是有點滑稽的。於是伊嚇一跳，於是伊再定定神，不禁有點鮮嘎嘎*，便想重振旗鼓，再爆一點料的，結果反而過了，一點也不好笑了，如山倒地流於庸俗，本來自然天成的噱頭一點也沒有了。可惜了。此時，我倒反而是欠了伊似的，伊巴巴指望著我的身體進一步起反應的，我卻已經了無興味了。所以，那位發言乘客最好就在我面部起反應的一剎那，伊也莞爾的笑笑，就此歇擱不講，才是車廂閒話的最高境界。

朋友蛋泥曾經提起，每次在車上聽到有女乘客在一段冗長敘述後，慨然結案陳詞道：「儂看來嗨鬧，到辰光有得好搞來！」（滬語：你看著好了，到時候麻煩多了）頭上便開始涔涔滴汗。我覺得這真是上海女乘客語彙中，最氣勢磅礡的一句了，它非得在公共場合，非得在聽眾條件不確定的時候拋出才效力最大，也讓那位女乘客達到了講閒話時的最酣暢點。此時，那預言的前因後果早已不再重要，而上海女人的精氣元氣神氣市民氣卻已經全在裡頭。這，便也是我時時懷念在上海過日子的理由之一。

---

*上海方言，指沾沾自喜，自鳴得意，迫不及待等著炫耀的意思。

附錄＝〈上海公車之閒話偷聽〉之完全滬語版

上海公共汽車浪廂聽壁腳

上海公共汽車上常常有最鮮活的市井語言，盛年女人家講起上海閒話來，渾然地一搭一檔，一抽一削，百聽不厭。我來嗨公共汽車上聽人講閒話每趟聽了定洋洋。有趟跟阿拉爸爸一道乘車子，下車後伊講，「儂只小鬼哪能偷聽人家講閒話啦？」我反駁道，「儂勿是啊聽得老紮勁嘛？」阿拉爸爸急了，講，「儂啊做勒太明顯了呀，拿整只人合撲上去了。」

我格就是破了勒嗨公共汽車上聽壁腳的規矩。公共場所文明聽壁腳的規矩是：儂盡可以拔長自耳朵或暗笑，或贊同，或反駁，或消化，但是要做出一副悶聲大發財的腔調，下車後儘管再做煞根的傳達。聽壁腳講究額是不動聲色，上海閒話用了一個動詞叫「豁」，稱得上候分候數：「勒來車子浪廂『豁』到一句」，哀種漫不經心的刻意突然之間表現出來，而格「豁」字之妙，還在於伊傳神地表達了某種交自家不搭介，但是壓壓叫上了心的態度。記得有一趟乘車子，一老阿爹傷風，鼻涕蕩發蕩發吊勒半空當中，自家還不曉得，身邊一女人家拿一切落勒眼裡，卻是悶聲不響，老阿爹鼻涕拖到一半眼看就要吊勿牢了，伊還是不講，硬勁摒牢勿講，才沒破了格不動聲色的規矩。哀朵鼻涕最後勒來我手背浪廂撲龍通開花的辰光，伊終究修煉不到家，還是野豁豁笑起來了。真可惜，伊基本上堅持到了終場快，卻勒來最後一刻壞了格不動聲色額規矩，讓我本來要自認倒楣額，現在因自伊額壞了規矩，暴露了身分，最後遭了我肚皮裡廂好一頓額觸壁腳。

其實倒啊勿是批評格女乘客，我自家啊是常莊不守聽壁腳規矩額，但凡偷聽到好白相額地方，總歸要捱勿牢偷偷癡笑起來。儂講格發言乘客講到興頭浪廂，伊物我兩忘吧，儂嘴角一牽，伊又馬上覺著了，然後伊心下便暗暗一驚，儘管格乘客當然曉得講閒話大家才聽得，格交公共論壇上演講是一樣額道理，但是伊勒來開講額辰光，倒並沒老明確額意識到格一點，所以發言乘客格辰光會覺著格聽了伊閒話，身體有反應額人倒是有點滑稽來。結果伊嚇一跳，結果伊再定定神，不禁有點鮮格格，便想再起起蓬頭擺擺標勁額，結果反而過了頭，一眼眼啊不好笑了，一路向現出怪樣額方向滑去，本來自然天成的噱頭一點啊沒了。可惜了。這辰光，我倒反而像欠了伊一樣額，伊巴巴指望我身體進一步起反應額，我卻老早沒了心相。所以講，格發言額乘客最好就勒我面部起反應額一剎那，伊啊壓壓叫笑笑，就此歇擱不講，才是車廂講閒話額最高境界。

朋友蛋泥曾經提起，每趟伊勒車子浪廂聽到女乘客勒來一段冗長發言後，總歸會得結案陳詞道：「儂看來嗨鬧，到辰光有得好搞來！」蛋泥聽到格一句額辰光，頭浪廂額汗就開始淌淌滴。我覺著格句閒話真是上海女乘客語彙當中，最紮勁，最出淌的一句了，伊非要勒嗨公共場合，非要勒嗨聽衆物件不確定額辰光拋出才效力最大，啊讓格位女乘客達到講閒話辰光額最高點。格辰光，為啥體「到辰光有得好搞來」額前因後果已經不再重要，上海女人的精氣元氣神氣市民氣已經才炕勒裡廂。格，才是我常莊想念勒來上海過日腳的理由之一。

9. 風緊雨急上海灘

大概十多年前吧，朋友順訪芝加哥，由一位當地的大學教授作陪，來到最芝加哥的密西根大道上，一邊是密西根湖，一邊則排著一溜威儀堂堂的芝加哥學派建築，朋友由衷讚道：多像我們上海啊！教授頓現悻悻之色，朋友立知漏嘴了，那情形就好比人請你一小盅魚翅，你嘗了一口便誠意地讚：「這粉絲做得不賴！」十多年後的今天，如果翻閱《紐約時報》的時尚版，諸如「如果你厭倦了紐約，巴黎，米蘭，上海的時尚……」之類的八股句型已然見多不鮮，而當年那位頗爲胸悶的教授據說亦早已在上海謀得一訪問教職，樂顛顛地兩頭跑，形同穿梭芝加哥上海兩地的專遞信使。

於是，上海大張揚起來了。五湖四海的人都歡叫著往上海撲將而去。

上海即景

现拆蟹肉

曾幾何時，我辦公室的桌頭開始長備一本《Lonely Planet》的上海導遊書，有人規規矩矩要去遊覽上海名勝的，我便借此書給他；有人躍躍試試要見識上海夜市面的，便介紹給他一個叫「That's Shanghai」的網站和一些坊間口碑；有人風風火火要找工作掘金的，便拷貝給他一份上海獵人頭名錄，順便讓其在shanghaiexpat.com的論壇上探探路；有人滴滴答答要去解饞的，便E-mail他一份可按照菜系價位搜索的上海美食Excel檔；有人急急吼吼要找女成家的，便發掘出幾個單身女性友人，讓他出發前先E-mail勾搭起來。就連我在美國的Macy's百貨商店購物，一不小心露了上海人的身分，當即被櫃員扣下留下電話號碼，說是年中去上海前要打電話來向我求教上海購物地圖。那上海灘風緊雨急的氣勢，叫我先是受寵若驚，久了便緊張起來，好像行走在布滿形跡可疑之人的江湖，卻一不小心露出了懷底的銀票。

十天半月霎眼間，那群覬覦「銀票」的人陸續回來了。那要找工作的，拒絕了一個比原來工資要少一半多，潛力尚不可知的Offer（給予職位的邀約），心有不甘地回來了；那要找女朋友的，男女雙方才對上臉沒幾天，女方便攜著他去青島老家見父母了，說是下次再回來，就把事給辦了吧；那要領略夜生活的，繪聲繪色描述起不敢在午夜問路，怕走到了百花深處的奇遇；那有心購物的，冷不防在襄陽路市場被一攤主像捉假一樣一手擒住，正告道：你那個「Timberland」包是眞的！這些人，這樣那樣的沒有達到期望值，唯有吃這一項是才是眞正的皆大歡喜。

他們都是來看這座重又崛起的大城的人，滿腦想像的都是類似葉偉信電影《大城小事》裡心想事成、煙花奪目的上海，他們想像中的大城裡亦沒有小事。香港影評人林奕華寫過一篇影評，大致講《花樣年華》怎能說是一個含蓄的電影，頂多是匠氣罷了，除了報館、餐廳、酒店、公寓幾個室內場景，其他都在外地取景，既不六〇年代，亦不香港，大有對王家衛利用人們對六〇年代香港的某種感情垂注而引人誤讀香港的不滿。《大城小事》的導演葉偉信和我那些急往上海撲的朋友也是這樣地匠氣上海了，大鑼大鼓地敲打著，便露出了外鄉人的怯，就好像《大城小事》裡的王菲，存著潑旦的心，卻終究乏了潑旦的底氣，所以火便都是從嗓子眼裡冒出來了，少了那股眞正從丹田升騰起的茂盛元氣。

看上海人過日子，還是端著小城大事心態爲好，這是興致勃勃地，叫囂著「YOU GOTTA GO THERE」（你一定要去那裡領領市面！）的人永遠體會不到的，恐怕也是上海那些也開始抱著大城小事觀的本地人所體味不到的。到上海來，終究是來看小日子，或者過小日子來的，一如當年那些帶著薄瘦行李逃到上海，就此紮根起來的第一代海上移民。

「上海」已成為外國人的新興時尚

國家圖書館出版品預行編目資料

親愛的，我們婚遊去/曉瑋　著─初版─台北市：信實文化行銷，2007.11 [民96]
面：21×14.8公分
ISBN 978-986-83680-7-1（平裝）

855　　96019932

親愛的，我們婚遊去

作　者：曉瑋
總編輯：許麗雯
主　編：胡元媛
美　編：陳玉芳
行銷總監：黃莉貞
發　行：楊伯江
出　版：信實文化行銷有限公司
地　址：台北市大安區忠孝東路四段341號11樓之三
電　話：（02）2740-3939
傳　眞：（02）2777-1413
http://www.cultuspeak@cultuspeak.com.tw
E-Mail：cultuspeak@cultuspeak.com.tw
劃撥帳號：50040687信實文化行銷有限公司
製版：菘展製版（02）2246-1372　　印刷：松霖印刷（02）2240-5000
圖書總經銷：大衆雨晨圖書有限公司
地　址：台北縣中和市中正路872號10樓
電　話：（02）3234-7887
傳　眞：（02）3234-3931

2007年11月初版
定　價：新台幣350元整